공 작 영 애 의 소 양 8

공작부인의 소양

Luce
[루체]

Elpis
[엘피스]

Alfred
[알프레드]

Iris
[아이리스]

Louis
[루이]

Mellice
[메를리스]

목 차

공 작 영 애 의 소 양 8

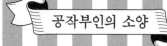

공작부인의 소양

Illustration / 후타바 하즈키

레이아
Reia

루체
LUCE

공작부인의 소양

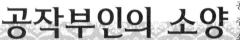

공작 부인의 소양 편에서는 본편의 주인공 아이리스의 엄마, 메를리스의 소녀 시대를 그린다.

훗날 부부가 된다

메를리스 레제 앤더슨

검술에 천부적인 재능을 지니고 있으며 어떤 목적을 위해 실력을 연마한다.

루이 드 아르메리아

자신의 이상을 실현시키기 위해 재상인 아버지를 돕고 있다.

숙녀 교육 담당

아버지

어머니 | 아버지

숙부

가젤 더즈 앤더슨

구국의 영웅이자 타스멜리아 왕국군의 장군.

벨스 올 앤더슨

가젤의 친동생.

오렐리아 라르 아르메리아

재상의 아내. 사교계의 사정에 정통하다.

로멜르 지브 아르메리아

뛰어난 수완을 지닌 타스멜리아 왕국의 재...

공작 영애의 소양

메를리스의 딸 아이리스가 주인공.
그녀가 악역 영애라는 역할을
뛰어넘어 행복을 움켜쥐는 이야기.

부부

장남 ♦ **엘피스**
장녀 ♦ **루체**

남매

남매

아이리스 라나 아르메리아
전생의 기억을 지닌 주인공 영애.

알프레드
전 타스멜리아 왕국 제1왕자.

부부

베른 타아시 아르메리아
아이리스에게 가주 자리를 양보하고
레티시아의 남편이 되었다.

레티시아
알프레드의 뜻을 이어
왕위를 계승한다.

ㅓ멜 공국 5대 공작가가 내정을 맡고 있다.
공작가 사이에서도 영토 확장을 꾀하는 타스멜리아 왕국 침략파와 온건파,
중립파로 나뉘어져 있다.

대 공작가 [그린들][슬리거][필링][크로우][바스칼]

character 인물소개 ✦

제10장
로멜르의 싸움

그것은 메를리스가 학원에 입학하기 조금 전의 이야기.

로멜르는 소수의 호위를 거느리고 림멜 공국을 방문했다.

……분명 분수령이 될 이 방문.

트와일 국과의 전쟁으로 국력이 저하된 타스멜리아 왕국을 침략하여 영토 확장을 노리는 강경파. 반대로 전쟁을 피하고 싶어 하는 온건파와 어느 쪽에도 속하지 않은 중립파.

치열한 파벌싸움은 곧 림멜 공국을 다스리는 5대 공작가의 권력다툼이기도 하다.

로멜르의 이번 방문은 온건파와 중립파의 협력을 얻고 강경파의 계획을 무너뜨리기 위한 것이었다.

강경파가 노리는 대로 만약 림멜 공국이 타스멜리아 왕국을 침략하여 전쟁이 벌어질 경우…… 타스멜리아 왕국은 버티기 힘들다.

지난번 트와일 국과의 전쟁으로 인해 국고는 적자 상태.

승리를 거두기는 했지만 적지 않은 희생을 치렀다. 그 기억이 완전히 사라지지 않은 짧은 기간에 또다시 희생을 강요당한다면…… 민

심이 떠날 것은 불을 보듯 자명한 일이다.

전쟁이 벌어지면 틀림없이 타스멜리아 왕국은 내부부터 와해될 것이다.

게다가 림멜 공국과 전쟁이 벌어지면 이때다 하고 정전 중인 트와일 국도 움직이기 시작할 터.

그런 사태를 막기 위해 로멜르는 홀로 비공식적으로 림멜 공국을 방문했다.

"……다들 수고했다."

여관의 한 방에서 여정을 푼 후 그는 호위들의 노고를 치하했다.

하지만 그렇게 말하는 로멜르야말로 얼굴에 피로가 배어 있었다.

……무리도 아니다.

로멜르가 워낙 다망하다 보니 타스멜리아 왕국에서 림멜 공국까지 그들의 여정은 그야말로 혹독했기 때문이다.

"자네들이 최선을 다해 준 덕분에 나는 무사히 이 나라에 도착할 수 있었네. ……하지만 여기부터가 중요한 고비야. 미안하지만 계속 임무에 최선을 다해 주게."

몸이 단련되어 있는 호위들 입장에서는 피곤하기는 하지만 몸에 크게 무리가 될 정도는 아니다.

하지만 늘 신경을 곤두세우고 있다 보니 정신적인 피로는 확실히 축적되어 있었다.

기동성과 기밀성을 중시하여 호위 인원을 최소한으로 줄인 탓에 그들 한 사람, 한 사람이 짊어진 책임은 매우 커졌다.

그리고 로멜르 말대로 이제부터가 중요한 고비다.

……만약 로멜르가 다른 나라에서 살해당하기라도 하면 그가 추진하고 있는 불가침조약 체결은 물거품으로 돌아간다.

오히려 그걸 구실 삼아 전쟁이 벌어질지도 모른다.

"……후우."

그러나 그들은 가젤이 엄선한 정예 중의 정예.

겁을 먹고 시선을 피하는 자는 그 자리에 없었다.

모두가 자세를 바로잡고 강한 눈빛으로 로멜르를 바라보았다.

"……수고를 끼치겠군."

그 각오가 담긴 눈동자에 로멜르는 미소를 지었다.

"영광입니다."

그렇게 대답한 것은 가젤의 부관 크로이츠였다.

그가 여기 있는 것만 봐도 가젤이 얼마나 진심을 담아 호위를 선발했는지 알 수 있었다.

"각오가 담긴 좋은 눈이로군."

"감사합니다. ……무례라는 것은 알지만 한 가지 말씀드려도 될까요."

"……뭐지."

"그저 질 수 없다고 생각하기 때문입니다. 이번 여행은 나라의 장래를…… 나아가서는 많은 백성의 명운이 걸린 교섭을 하기 위한 것이라고 들었습니다. 그런 중책을 짊어진 로멜르 님 앞에서 차마 소임을 다할 수 없다는 말은 입이 찢어져도 할 수 없습니다."

"적재적소라는 말이 있지. 안타깝게도 나는 혀는 잘 놀려도 내 몸을 지킬 수 있는 힘은 없거든."

"로멜르 님이 강해지면 저희는 직업을 잃을 겁니다."

"하하하……. 나 혼자 강해져 봤자 변하는 건 아무것도 없을걸. 특히 전쟁에서는 실력만 추구해 봤자 아무 소용 없지. 물론 실력도 중요한 요소 중 하나지만."

"그렇군요."

두 사람의 머릿속에 우연히도 같은 인물이 떠올랐다.

가젤과 메를리스…… 그 두 사람이.

로멜르는 이 자리에서 메를리스의 이름을 꺼내기가 망설여져서 입을 다물었고, 멜이 메를리스라는 것을 모르는 크로이츠는 설마 로멜르가 멜을 알고 있을 줄은 몰랐기 때문에 둘 다 머릿속에 떠오른 이름을 입 밖에 내지는 않았다.

그래도 두 사람의 생각이 멋지게 일치한 것을 보면 가젤은 어쨌든 메를리스는 그만큼 그들에게 강렬한 인상을 남긴 모양이다.

"……게다가 '질 수 없다.'라는 동기도 각오의 일종이지. 각오란 누군가의 강요로 만들어지는 게 아니라 스스로 자신의 마음을 정하는 것. 질 수 없다는, 자신의 소임에 대한 강한 책임감과 높은 긍지가 얼마나 든든한지 모른다네."

로멜르는 재상의 가면을 쓰고 있는 것치고는 조금 부드러운 분위기를 풍기고 있었다.

"……장군님과 똑같은 말씀을 하시는군요."

"가젤과 말인가?"

"네. 과거 트와일 국과 전쟁을 앞두고 장군님은 병사들에게 이렇게 말씀하셨습니다. '각오가 뭔지 알고 있나? ……각오란 자신을 향한 맹세.'라고. '자신을 향한 맹세. 그건 결코 속일 수가 없다. 왜냐하면 자신을 계속 속이는 것은 도저히 불가능하니까. ……그러니까 각오는 자신의 의지를 깨닫는 것부터 시작된다. 그리고 그 때문에 각오를 지닌 자는 강하다. 자신의 의지로 결정하고 그곳에 서 있기 때문이다.'라고."

"과연……. 무척 이해가 되는 말이군. 각오를 다져야만 자신의 행동에 책임을 질 수 있다는 말이지."

"……저희 같은 사람과는 거리가 먼 줄 알았는데 문관인 로멜르 님도 무관인 저희와 의외로 통하는 구석이 있군요."

"당연하지. ……입장은 달라도 지키려고 하는 것은 같으니까."

그렇게 단언하는 로멜르를 향해 크로이츠는 미소를 지었다.

"그도 그렇군요. ……그렇다면 저는 목숨과 바꿔서라도 당신을 지키겠습니다. 같은 뜻을 지닌 당신을. 제가 지키고 싶은 것을, 그리고 우리 모두를 지키려고 하는 당신을 믿습니다."

"더없이 멋진 믿음이군. ……그래, 내게 맡기게. 최선을 다해서 최고의 결과를 얻도록 하지."

"그럼 저희는 이만 다시 직무를 계속하겠습니다."

크로이츠와 호위들은 또다시 자세를 바로잡은 후 방에서 나갔다.

홀로 남겨진 로멜르는 창가로 다가가서 바깥의 풍경을 바라보았다.

타스멜리아 왕국과는 전혀 다른 풍경.

교회를 제외하면 곳곳에 화려하게 장식된 백아의 건물이 늘어서 있는 타스멜리아 왕국과는 달리 갈색 벽돌 건물이 늘어선 림멜 공국은 장엄하면서도 중후한 분위기를 풍겼다.

마치 머릿속에 그 풍경을 새겨 넣으려는 것처럼 그는 한동안 물끄러미 창밖을 바라보았다.

조용한 방에 노크 소리가 울렸다.

문을 열고 안으로 들어온 것은 아르메리아 공작가의 집사 알프였다.

"수고했네. ……어떤가?"

"문제없습니다. 여관의 안전은 확보했습니다."

순간 로멜르는 눈에 띄게 안심한 표정을 지었다.

"그래? 역시 자네는 믿음직하군."

"……주인께 쾌적한 환경을 마련해 드리는 것이 저의 사명이니까요."

공손하게 머리를 숙이는 알프를 바라보며 로멜르는 "쿡쿡쿡……."하고 작게 웃었다.

"확실히 주인을 위해 여관 안의 모든 음식물에 독이 들어 있지 않은지 확인하고 숨어 있는 적은 없는지 살펴보는 건 '쾌적한 환경을 마련하는 것'이긴 하지."

알프는 로멜르의 말을 부정하지 않았다.

그저 온화한 미소를 지을 뿐.

그 반응을 바라보며 로멜르는 문득 어깨의 힘을 뺐다.

"자네 덕분에 이렇게 편히 쉴 수 있는 거야. 정말 고맙네, 알프."

"당연한 일입니다."

"당연하다라. 자네의 유능함은 정말 혀가 내둘러질 정도라네. ……음, 그보다 피곤할 텐데 미안하지만 차 한 잔만 끓여 주겠나?"

"네, 물론이지요."

알프가 차를 끓이는 동안 로멜르는 창문을 등지고 자리에 앉았다.

"……무척 심각하게 창밖을 바라보고 계시던데, 혹시 나랏일을 생각하고 계셨습니까?"

"아니……. 이제부터 만날 사람들이 짊어지고 있는 것을 이 눈에 똑똑히 새겨 두고 싶었다네. 만나기 전에 조금이라도 상대를 많이 알아 두는 게 좋을 것 같아서……."

"……그렇습니까."

"나랏일은…… 뭐 조금 걱정되지만 루이라면 알아서 잘하겠지. 내 부하들도 있고. 저택은 원래 오렐리아한테 맡기면 문제없고."

알프가 살며시 따뜻한 차를 내밀었다.

로멜르는 망설임 없이 그 차를 마셨다.

"음, 맛있군."

로멜르의 말에 알프의 미소는 더욱 짙어졌다.

"내일은 그린들 공작가와 필링 공작가로군. ……알프."

문득 로멜르가 알프에게 날카로운 시선을 향했다.

그것만으로도 알프는 알았다는 듯이 고개를 끄덕이며 입을 열었다.

그의 입에서 흘러나온 말은 그린들 공작가의 정보였다.

그린들 공작.

림멜 공국 5대 공작가 중 하나이자 북서부에 광대하고 풍요로운 영지를 보유한 공작가.

5대 공작가 중 가장 큰 자산 규모를 자랑하며 한랭지지만 토지가 비옥하여 기후에 적합한 작물을 재배하고 있다. 따라서 식량자급률도 일정량 이상을 유지 중.

또한 독특한 짜임으로 유명한 그린들 공작령의 원단은 나라 안팎으로 인기가 높다.

가주는 모리스 그린들.

아내 이름은 리넷 그린들. 둘 사이에는 아들 하나가 있다.

"……북서부라면 설령 타스멜리아 왕국 침략이 성공한다 해도 이익보다는 전쟁으로 인한 인적 피해가 더 클 거라는 공산인가."

알프의 말을 도중에 끊으며 로멜르가 입을 열었다.

"그리고 모리스 그린들은 백성을 생각하는 마음이 강해서 아마 쓸

데없는 싸움은 피하는 쪽을 택할 겁니다. ……이건 어디까지나 정보 제공자의 주관적인 관측입니다만."

"그렇군. ……5대 공작가의 군사력 차이는?"

"자산 보유량의 차이에 비례합니다. 강한 순서대로 그린들, 슬리거, 필링, 크로우, 그리고 바스칼. 단순히 숫자상으로는 만약 온건파와 강경파 사이에 내전이 일어날 경우 온건파가 유리합니다. 또한 모든 가문을 더한 림멜 공국의 군사력보다 우리 나라가 보유한 군사력이 10%가량 많습니다."

"그렇군. ……그럼 혹시 강경파는 군사력 확장을 추진하고 있지 않나?"

"림멜 공국의 법……이라기보다는 5대 공작가 간의 협정 때문에 드러내 놓고 군사력을 확장할 수는 없습니다. 단 아무래도 슬리거 공작가는 비밀리에 추진하고 있는 것 같습니다만."

"호오…… 그렇군."

"하지만 군사력이란 그저 숫자만 늘리면 되는 것이 아닙니다. 상응하는 훈련이 필요하기 때문에 제대로 싸울 수 있는 쓸 만한 군대가 되려면 조금 시간이 걸릴 겁니다. 반대로 그린들 공작령은 군인이 아닌 영지민들 중에도 어느 정도 싸울 수 있는 자가 많지요."

"그게 무슨 뜻이지?"

"전통적으로 무예를 배우는 것을 장려하고 있기 때문입니다. 단순히 사람을 죽이는 기술이 아니라 몸을 단련하고 자기 자신을 단련하기 위해서. 그 때문에 어릴 적부터 남자도 여자도 훈련을 받습니다."

그 말에 로멜르는 앤더슨 후작령을 떠올렸다.

대대로 영지를 다스리는 앤더슨 후작가가 무가의 명문이기 때문일까, 앤더슨 후작령도 곳곳에 무술 훈련장이 있다.

그리고 그 때문에 앤더슨 후작가의 호위대는 다른 가문보다 강하다.

"호오, 그것참……. 슬리거 공작 입장에서는 무척 분하겠군."

"네. 예비 병력이 풍부하다는 뜻이기도 하니까요."

"그래서 슬리거 공작은 더더욱 초조해하고 있는지도 몰라."

"네……. 그럴 가능성은 충분합니다."

"참, 혹시 슬리거 공작가에 용병들이 빈번하게 드나들고 있나?"

"아뇨……. 마지막으로 본 것은 4, 5년 전이라고 합니다."

"그렇군……."

로멜르는 생각에 잠긴 듯이 미간을 찌푸렸다.

"로멜르 님……?"

"……아니, 아무것도 아니야. 계속하게."

알프가 살피듯이 말을 건넸지만 로멜르는 손을 흔들며 다음 말을 재촉했다.

알프의 입에서 또다시 로멜르에게 필요한 정보가 흘러나왔다.

필링 공작.

림멜 공국 5대 공작가 중 하나이자 북동부에 광대한 영지를 소유하고 있다.

자산 규모는 5대 공작가 중에서 세 번째. 가주는 브루노 필링.

아내는 켈리 필링.

정략결혼이지만 부부 사이는 양호한 편. 자식은 아들 딸 한 명씩.

"……켈리의 친정의 교우관계에 대해 새로운 정보는 없나?"

"다시 한번 샅샅이 조사했지만 켈리 필링의 친정인 백작가의 교우관계도 그린들 공작가를 필두로 온건파 국내 귀족뿐이었습니다."

알프의 대답에 로멜르는 가볍게 고개를 끄덕였다.

그 반응을 지켜본 후 알프는 또다시 입을 열었다.

영지의 명물은 보리를 발효해서 만든 술.

나라 밖으로도 수출하고 있으며 그 때문에 필링 공작가는 타스멜리아 왕국이나 아카시아 왕국과 교우관계가 있다.

타스멜리아 왕국에서는 아직 상회 수준의 교류에 머물러 있으나 아카시아 왕국에서는 타스멜리아 왕국으로 치자면 소위 귀족 레벨과도 교류가 있다.

가주인 브루노의 취미는 독서.

브루노뿐만 아니라 가주들이 대대로 독서를 좋아해서 영지 안에 커다란 도서관이 있다.

"온화하고 총명한 가주라는 평판입니다. ……아무리 털어도 먼지 한 톨 나오지 않더군요. 평판대로라면 타스멜리아 왕국 침략을 반대하는 것도 오로지 전쟁으로 인한 자국민의 희생을 우려하기 때문…… 또 자신의 영지가 풍요롭고 광대하기 때문에 희생을 치르면서까지 나라를 확장할 필요는 없다는 생각 때문인 것 같습니다."

알프의 입에서 흘러나오는 정보를 머릿속으로 정리하는 것처럼 로멜르는 눈을 감은 채 침묵을 지켰다.

그 반응에 익숙해져 있는 걸까, 알프도 그 자리에 말없이 서 있었다.

"……좋은 복습이 됐군. 고맙네, 알프."

당연히 로멜르는 이곳에 오기 전에 모든 정보를 한차례 머릿속에 집어넣었다.

그래도 알프에게 정보를 읊게 한 것은 로멜르의 머릿속에 있는 정보와 그가 말해 주는 정보에 어긋남이 없는지, 또는 새로운 정보가 없는지 확인하기 위해서였다.

"아닙니다. ……참고로 필링 공작가가 운영하는 스타우트 상회에는 계속 이쪽 사람을 잠입시키고 있습니다. 물론 필링 공작가에도."

"그렇군. ……뭔가 움직임이 있으면 즉시 알려 주게."

"알겠습니다."

"잘 부탁하네. ……그건 그렇고 자넨 여전하군."

로멜르는 씨익 웃었다.

"글쎄요, 과연 그럴까요. 누구나 흐르는 세월은 이길 수 없는 법이지요."

그 말에 알프는 쓴웃음을 지었다.

"하하하……. 그렇게 따지면 나도 자네를 처음 만났을 때보다 훨씬 나이를 먹었는걸. 그립군……. 아르메리아 공작가의 그림자로서 자네가 내 앞에 처음 나타났던 그날이."

"네, 그날은 저도 똑똑히 기억하고 있습니다."

알프는 과거를 그리워하듯 한순간 먼 곳을 바라보며 미소 지었다.

"내가 지금의 루이보다 조금 젊을 때였나? ……그렇게 생각하면 나도 모르게 세월이 참 많이 흘렀군. 워낙 눈 깜짝할 사이에 흘러가서 평소에는 전혀 의식하지 못했는데."

"그러게 말입니다. ……하지만 그건 그만큼 하루하루를 열심히 살고 있다는 뜻 아닐까요?"

"하하하…… 맞아. 정신없이 일하고 또 일하다 정신을 차리고 보니 벌써 이 나이가 됐군. ……그러고 보니 자네가 키운 아이도 많이 자란 것 같던데?"

"베른 말입니까. ……네, 이제 루이 님께 폐가 되지 않을 정도는 됩니다."

"폐는커녕…… 오히려 루이가 그 아이를 많이 의지하는 것 같던데?"

"그림자로서 더할 나위 없는 영광이로군요. 그런데 정말 괜찮으십니까? 제 기술을 '국가의 그림자'인 베른에게 가르쳐 줘도."

알프의 물음에 로멜르는 한숨을 내쉬었다.

"……인재 육성은 국가적으로 매우 중요한 과제. 급하게 자네 같은 인재를 확보해야 하는 상황이었으니 어쩔 수 없지. 게다가 그 녀석은 나라를 지키는 데 자신의 모든 걸 바친 녀석이라네. ……국정을 맡고 있는 재상으로서 정말 든든해."

"한마디로 조금 전 크로이츠 님과 이야기하셨던 것처럼 같은 목적을 향해 걸어가는 동지이기 때문입니까?"

"그래. ……그보다 내가 부탁하긴 했지만 자네야말로 괜찮나? 자네 기술을 가르쳐 줘서. 자네 지적대로 그 녀석은 어디까지나 우리 가문이 아니라 국가에 귀속된 인물인데. 앞으로 일하기 힘들어지지는 않을지 걱정되지 않나?"

"……제가 가르쳐 준 것은 몇 가지 주요 정보원과 새로운 정보원을 획득하는 방법, 그리고 잠입 시 행동방법 같은 기본적인 것들뿐입니다. 저와 연결된 정보 제공자나 협력자는 알려 주지 않았습니다. 그러니까 별문제 없습니다."

"그렇군……. 요즘 그 녀석이 일하는 걸 보아하니 그럼 착실하게 새로운 정보원을 손에 넣고 정보망을 구축하고 있단 말인가."

"그렇습니다. 덕분에 바스칼 공작가의 인신매매를 빠르게 파악할 수 있었지요."

"그러고 보니 그랬지. 베른 녀석, 착실하게도 루이에게 일일이 보고하는 것 같던데."

"……베른은 루이 님이 거둔 아이. 은혜를 갚고 싶은 마음도 10% 정도는 있겠지요."

"10%라……. 그럼 나머지 90%는?"

로멜르는 어딘가 즐거운 듯이 알프에게 물었다.

"로멜르 님께 보고가 도착하는 속도를 생각하면 루이 님께 보고 드리는 것이 제일 좋습니다. 정규 루트…… 즉 궁전을 통하면 조직 구조상 루이 님과 베른 사이에 몇 사람을 거쳐야만 보고가 전해지니까 아무래도 시간이 걸리죠. 즉 그만큼 이번 일은 시급을 다투는 문제라고 판단한 겁니다. 그게 가장 큰 이유겠지요."

'국가의 중대사에 관한 보고'는 최종적으로 전부 로멜르에게 전해진다.

집무 차원에서 판단을 내리는 것은 재상인 로멜르의 역할이기 때문이다.

다만 로멜르와 베른 사이에는 직책상 크나큰 격차가 있다. 베른의 보고서가 로멜르 손에 들어가기까지 여러 중간 관리자들의 검토를 거쳐야 한다. 다 함께 정보를 공유한다는 점에서는 유용하지만 긴급한 보고는 문제가 다르다.

"나한테 보고가 전해지기까지 시간이 걸린단 말이지……. 그건 문제로군."

"그렇습니다……. 나라에서 베른 같은 인재를 필요로 하고 있다면 우선 체제를 정비해야 합니다. 정보는 속도가 생명. 판단을 내리는 사람에게 도달할 때까지 너무 많은 시간이 걸리면 판단에 오류가 생길 수 있습니다."

"그래, 자네 말이 맞아. ……게다가 그런 판단에 근거해서 지시를 내리면 현장에 혼란을 초래할 수도 있지. 오래된 정보를 보고 내린 판단은 현실에 맞지 않으니까."

"네, 그렇습니다."

"아무래도 체제를 다시 생각해 봐야겠는걸. ……상황이 좀 안정 되면 가젤과 상의해 볼까?"

로멜르는 생각을 정리하듯 허공으로 시선을 향한 채 중얼거렸다.

그동안 알프는 로멜르의 빈 찻잔에 또다시 차를 따랐다.

"……그럼 로멜르 님. 저는 크로이츠 님과 함께 내일 그린들 공작 가와 필링 공작가까지 가는 길과 경비태세를 확인하러 가 보겠습니 다. 이만 실례하겠습니다."

"그래, 잘 부탁하네."

† † †

다음 날, 로멜르는 그린들 공작가를 방문했다.

각 공작가의 영지를 찾아가는 것은 시간적으로 불가능했기 때문 에 대신 수도에 있는 그들의 별저를 돌았다.

림멜 공국의 수도는 타스멜리아 왕국의 왕도와 마찬가지로 나라 중심부에 자리 잡고 있다.

다만 수도라고는 해도 영지의 독립성이 강한 림멜 공국에서 수도 란 5대 공작가의 완충지대라는 의미가 강하다.

각 가문이 수도에 각각 똑같은 크기의 별저를 소유하고 있으며 1 년에 한 번 이 기간에는 반드시 국정 운영을 위해 다 함께 모이기로 정해져 있다.

로멜르는 거리의 풍경을 바라보며 마차를 타고 그린들 공작가에 도착했다.

"림멜 공국에 오신 것을 환영합니다, 로멜르 공."

그린들 공작가의 가주가 밝게 웃으며 로멜르를 맞이했다.

"처음 뵙겠습니다, 모리스 공. 오늘 흔쾌히 맞이해 주셔서 감사합니다."

로멜르도 미소를 지으며 환영을 받아들였다.

"별말씀을……. 그 유명한 타스멜리아 왕국의 재상을 뵙게 돼서 더없는 영광입니다."

"호오……. 유명하다라. 공께서 들은 평판이 악평이 아니었으면 좋겠군요."

"하하하…… 겸손이 지나치시군요. 타스멜리아 왕국의 희대의 명재상으로 이름 높은 귀공께서 그 무슨 말씀이십니까."

"명재상이라……. 너무 과분한 말씀이로군요."

로멜르는 모리스가 권하는 의자에 앉았다.

알프가 대기하듯 그 뒤에 섰다.

"자주 편지를 주고받아서 그런지 처음 뵙는 것 같지가 않군요."

모리스의 말에 분위기가 한층 부드러워졌다.

"그러게 말입니다. 저도 모리스 공을 처음 뵙는 것 같지가 않습니다."

문득 로멜르의 눈에 창문에 드리워진 아름다운 커튼이 들어왔다.

엷은 물색 천에 작은 꽃무늬.

섬세한 무늬가 천 가득 펼쳐진 모습은 호화찬란하다는 표현이 잘 어울렸다.

"그러고 보니…… 저게 그 유명한 그린들 원단입니까."

"네, 그렇습니다. 그린들 원단은 하나하나 직인들이 손수 짜서 만드는 세상에 하나뿐인 천. 같은 무늬로 보여도 세세한 부분은 미묘하게 다르지요."

"호오……. 그렇군요. 그린들 원단은 타스멜리아 왕국에서도 인기가 많아서 좀처럼 구하기 힘들답니다. ……정말 아름답군요."

"영광입니다."

모리스는 흡족한 미소를 지었다.

"……그런데 로멜르 공. 공은 이 나라를 어떻게 생각하십니까?"

로멜르는 그 물음에 그린들 원단에서 모리스에게로 시선을 향했다.

"모두 둘러본 것은 아니지만…… 우리 나라와 같군요."

로멜르의 말에 모리스는 고개를 갸웃거렸다.

"열심히 일해서 양식을 얻고, 먹고, 그리고 살아가고. 그 모습은 타스멜리아 왕국도 림멜 공국도 다르지 않구나…… 그렇게 생각했습니다."

"그렇군요……."

그러나 뒤이어 흘러나온 말에 납득이 갔는지 모리스는 조용히 미소를 지었다.

"그러니까 더더욱 불필요한 싸움은 피해야 한다…… 공도 그렇게 생각하지 않습니까?"

"저는 그런 고상한 이유 때문이 아닙니다. ……저는 그저 제가 사랑하는 백성들이 다치지 않기를 바라는 것뿐입니다. ……결과가 어떻든 전쟁이 일어나면 백성들은 반드시 다칩니다. 그런 짓을 스스로 벌이려는 자들의 마음을 저는 도저히 이해할 수 없습니다."

모리스는 자리에서 일어서서 창가로 다가갔다.

창밖에는 공국 북부에 위치한 그린들 공작가의 영지가 펼쳐져 있었다.

"정말 사랑하시는군요. ……영지를. 그리고 영지민들을."

"물론이지요. ……공도 그렇지 않습니까?"

"네, 사랑합니다. ……하지만 유감스럽게도 공께서 말한 '전쟁을 벌이려는 무리'는 이 나라에도, 그리고 우리 나라에도 있습니다."

로멜르의 말에 모리스는 눈에 보이게 어깨를 떨궜다.

"……정말 솔직한 분이로군요."

"저 혼자만의 생각일지도 모르지만 이 문제에 한해서 당신과 저는 동지니까요."

모리스는 작게 웃었다.

"……그렇군요. 공께서 진정으로 나라를 사랑하고 전쟁을 피하고 싶어 하신다면 저와 당신은 분명 같은 뜻을 지닌 동지. ……이 문제에 한해서는 유감스럽게도 우리 나라 사람보다 당신이 훨씬 믿음이 갑니다."

"저도 같은 생각입니다. 그래서 저는 더더욱 공과 속을 터놓고 이야기를 나누고 싶습니다."

"호오……. 그렇다면 저 역시 속을 터놓지 않으면 안 되겠군요."

"그래 주시면 좋지요."

로멜르는 작게 웃었다.

"그럼 본론으로 들어가서…… 공께서는 그 골치 아픈 자들을 어떻게 막을 생각이십니까?"

"이 나라의 골치 아픈 자들에게 넘어간 우리 나라의 골치 아픈 자들로부터 온 힘을 다해 '어느 장군'을 지킬 겁니다. '어느 장군'이 사라지는 순간, 이 나라의 골치 아픈 자들이 활발하게 움직일 테니까요. ……반대로 저와 '어느 장군'은 개인적인 친분이 있어서 어느 정도 제어도 할 수 있죠. 그건 그를 위협으로 생각하는 이 나라에 하나의 안전장치가 될 겁니다. 그리고 우리 나라와 공국이 저와 모리스 공 같은 관계가 된다면 그들을 입 다물게 할 만한 이익을 얻을 수 있다고 생각합니다."

'어느 장군' …… 타스멜리아 왕국의 가젤 장군의 무용은 림멜 공국에서도 유명하다.

림멜 공국은 그를 두려워하고 있으며 그 때문에 강경파도 차마 적극적으로 타스멜리아 왕국과 전쟁을 벌이지 못하고 있다. 즉 강경파에게 가젤 장군은 야망을 가로막는 장애물이자 방해꾼인 셈이다.

그리고 타스멜리아 왕국과의 전쟁을 긍정도 부정도 하지 않는 중립파도 그 위협 때문에 가젤 장군이 없어지기를 바라고 있다.

한편 타스멜리아 왕국에도 그를 질투하는 귀족은 많다. 심지어 그의 명성을 땅에 떨어뜨리고자 음모를 꾸미는 자들조차 있다.

……그렇게 되기를 은근히 기대하고 있는 림멜 공국 강경파와 중립파의 존재를 모른 채.

로멜르의 말은 어떤 수단을 써서라도 재상의 지위를 이용하여 그들을 막고 가젤 장군을 지키겠노라 선언한 것이나 다름없었다.

"……재미있군요."

"자, 그럼 공께서는 어떻게 이 나라의 골치 아픈 자들을 입 다물게 하실 생각입니까?"

"이 기간에는 공작가 사람들이 모두 수도에 모여 있지요. 그동안에 회의를 열어서 어떻게든 골치 아픈 자들을 막고 싶습니다만……."

"……그러면 이 나라의 골치 아픈 자들이 멈출 거라고 생각합니까?"

로멜르의 물음에 모리스는 아무런 대답도 하지 못했다.

"당신께 한 가지 묻고 싶군요. ……만약 다른 공작가와 의견이 엇갈린다 해도 공께서는 전쟁을 피하기 위해 물러서지 않을 각오가 있습니까?"

"……꽤나 단도직입적인 질문이로군요."

"네. 공께서 전쟁을 피하고 싶어 하는 마음이 어느 정도인지 알고 싶습니다. ……이제부터 할 얘기는 그만큼 중요하기 때문입니다."

모리스를 바라보는 로멜르의 눈동자는 날카롭게 빛나고 있었다.

그에게서 풍기는 무서울 만큼 진지한 분위기는 5대 공작가의 가주인 모리스조차 식은땀을 흘릴 정도였다.

"……저야말로 묻지요. 당신은 그럴 각오가 되어 있습니까."

"네, 물론이지요."

즉각 대답하는 로멜르를 바라보며 모리스는 한순간 멍한 표정을 지었다.

"꽤나 거침없는 대답이로군요."

"……공께서도 알다시피 우리 나라는 제가 재상이 된 후 전쟁을 겪은 적이 있습니다. 전쟁이 시작됐을 때는 부끄럽기 짝이 없었습니다. 재상의 직무는 정무를 돌보는 것. 그리고 그건 모두 국가의 안녕을 위한 것이죠. ……또한 자국의 백성을 지키기 위한 것입니다. 그러려면 안정적으로 국가를 운영하는 것은 물론 다른 나라와의 관계도 양호하게 유지해야 합니다. 전쟁의 싹을 못 보고 지나치는 것은 그야말로 있을 수 없는 일. ……전란의 소용돌이 앞에서 저는 자신의 무능함을 진심으로 저주했습니다."

한순간 로멜르는 자조하는 듯한 미소를 지었다.

"이제 두 번 다시 전쟁이 일어나게 내버려 둘 수 없습니다. 무관들과 무고한 백성들을, 나라를 지키고 말 겁니다. ……그러기 위해 내가 악마라 불리더라도."

……이것이 타스멜리아 왕국의 재상인가.

마음속으로 감탄의 말을 중얼거리며 모리스는 작게 웃었다.

"……안타깝게도 저는 제 몸에 흐르는 피를 무엇보다도 자랑스럽게 생각합니다."

온화한 목소리로 흘러나오는 그 말에 로멜르는 조용히 귀를 기울였다.

"림멜 공국이 건국되기 전부터 대대로 그린들 지방을 다스리며 그 땅에 사는 백성들을 지켜 온 우리 가문의 피를. ……아십니까? 그린들 공작령에는 어릴 적부터 신체를 단련하는 관습이 남아 있습니다."

"알고 있습니다. ……무술을 통해 몸과 마음을 단련하기 위해서라지요?"

"과연 로멜르 공. ……네, 그렇습니다. 그것은 백성들이 스스로 이 땅을 지켜 온 증거. 그린들 공작령에 사는 백성들 또한 이 땅을 사랑하고, 그 때문에 우리 가문과 함께 이 땅을 지켜 왔습니다……. 그리고 그것은 지금도 마찬가지. 그러니까 저는 그 마음에 보답하고 싶습니다. 제게 가장 중요한 것은 그린들 공작령과 이곳에 사는 백성들입니다. 설령 그 방식이 림멜 공국의 공작으로서는 잘못된 일이라 해도."

모리스가 입을 다물자 곧 정적이 주위를 감쌌다.

로멜르는 그 조용한 공기를 가르듯이 입을 열었다.

"……그렇군요. 당신의 각오, 확실하게 들었습니다."

온화하고 부드러운 그 음성은 조금 전 질문을 던졌을 때와는 완전히 달랐다.

"그럼 말씀드리지요. ……알프, 그 서류를 이리 주게."

"알겠습니다."

옆에 서 있던 알프가 로멜르에게 서류를 건넸다.

"……이 나라의 바스칼 공작가가 인신매매에 손을 대고 있다는 증거입니다."

"그게 무슨……!"

"인신매매는 귀족들 사이에서도 금지되어 있다고 들었습니다만…… 사실입니까?"

"당연하지요! 대체 왜 그런 짓을……."

분노로 손을 부들부들 떨며 모리스는 서류를 훑어보았다.

그 서류에는 확실히 인신매매가 벌어지고 있다는 증거가 기록되어 있었다.

핏발 선 눈으로 뚫어져라 서류를 훑어보던 모리스는 이윽고 전부 읽었는지 서류에서 시선을 떼고 깊이 숨을 들이마셨다.

그리고 쓴웃음을 지었다.

"……과연 대단하군요. 공께서는 유능한 부하들을 통해 우리 나라의 사정을 전부 알고 계시는 겁니까."

살짝 사납고 거친 말투가 튀어나온 것은 그만큼 모리스가 동요하고 있다는 증거였다.

"……부끄럽게도 이 문제와 관련해서 우리 나라에도 골치 아픈 자들이 있습니다."

"……네?"

"공께서도 아시다시피 바스칼 공작가는 동쪽의 슬리거 공작가, 서쪽의 크로우 공작가 사이에 끼어 있습니다. ……당연히 다른 나라로 가려면 국내에서는 둘 중 한 영지를 통하지 않으면 안 되죠. 하지만 그래서는 쉽게 꼬리가 잡히기 마련입니다."

로멜르의 진의가 전해진 걸까, 모리스는 차츰 고개를 들어 그와 시선을 맞췄다.

"이미 이해하셨겠지만…… 바스칼 공작가는 그 때문에 남쪽에 인접해 있는 우리 나라를 이용했습니다. 그 땅의 영주를 돈으로 포섭하여 우리 나라를 통해서 국외로 상품을 운반했지요. 다른 사건을 조사하다가 그와 관련된 부자연스러운 금전거래와 인적 흐름을 알게 됐고…… 그 경로를 따라 조사한 결과가 바로 그 서류입니다."

……로멜르의 말은 거짓이 아니지만 그렇다고 진실을 말한 것도 아니었다.

그가 건네준 서류는 분명 그의 말대로 타스멜리아 왕국의 경로를 따라서 얻은 정보다.

다만 애초에 인신매매를 하고 있다는 사실을 파악한 것은 모리스의 지적대로 림멜 공국에 유능한 첩자를 잠입시킨 덕분이다.

그 사실을 말하지 않은 것은 거기까지 속내를 드러낼 필요는 없다고 판단했기 때문이었다. 또한 모리스가 로멜르와 타스멜리아 왕국에 나쁜 인상을 품지 않도록 나름대로 배려한 것이기도 했다.

그게 아니라면 굳이 수고해서 다른 루트로 정보를 얻지는 않았을 것이다.

물론 덕분에 세수에 비해서 씀씀이가 좋은 데다 영지에 드나드는 사람이 유달리 많아서 수상하게 여겼던 귀족이 부정을 저지른 증거도 손에 넣었으니 일석이조인 셈이다만.

"……역시 로멜르 공은 훌륭한 혜안을 갖고 계시는군요."

그렇게 말하는 모리스의 목소리는 조금 누그러져 있었다.

"그렇게 말씀해 주시니 다행입니다."

로멜르는 싱긋 웃으며 그의 말에 대답했다.

모리스도 따라서 싱긋 미소를 지었지만…… 곧 시름에 잠긴 표정으로 변했다.

"……저도 각오를 해야 할 것 같군요."

하지만 그렇게 중얼거렸을 때에는 이미 강한 의지가 그 눈동자에 깃들어 있었다.

"바스칼 공작을 무너뜨릴 각오를……."

모리스는 미소를 지으며 손을 내밀었다.

"감사합니다, 로멜르 공. 제 마음은 정해졌습니다. 공께서 주신 정보를 잘 활용하도록 하지요. ……앞으로도 당신과는 좋은 관계를 쌓아 가고 싶습니다."

그 말에 로멜르는 망설임 없이 모리스의 손을 움켜잡았다.

"……저도 같은 마음입니다, 모리스 공. 그리고 가능하다면 국가 간에도 저와 당신 같은 관계를 쌓아 가고 싶습니다."

"호오…… 그거 재미있군요. 당신이라면 앞으로 어떻게 해야 할지도 생각하고 계시겠지요? 자세한 얘기를 듣고 싶군요."

굳은 악수를 나눈 후, 두 사람은 로멜르가 생각해 온 불가침조약에 대해 대화를 나눴다.

† † †

모리스 그린들 공작과 회담을 마친 후 로멜르는 곧장 필링 공작가로 향했다.

그린들 공작과 마찬가지로 수도 별저에서 만나기로 했기 때문에 그리 많은 시간은 걸리지 않았다.

"어서 오십시오, 로멜르 님."

가주 브루노 필링이 침착한 태도로 그를 맞이했다.

그 옆에는 한 여성이 부드러운 미소를 지으며 서 있었다.

"이렇게 맞이해 주셔서 감사합니다. 브루노 공."

로멜르는 그가 내민 손을 잡고 브루노와 악수를 나눴다.

"이쪽은 제 아내 켈리입니다."

"오, 부인까지……. 처음 뵙겠습니다. 로멜르 지브 아르메리아라고 합니다. 만나서 영광입니다."

로멜르는 그녀를 향해 가볍게 머리를 숙였다.

"정중한 인사 감사합니다. 저는 켈리라고 합니다. 부디 잘 부탁드립니다."

켈리는 더욱 짙은 미소를 지으며 숙녀답게 예를 표했다.

"이쪽으로 오시지요."

저택의 구조는 그린들 공작가와 비슷했으나 나무로 만든 가구가 많아서 전체적으로 부드러운 인상이었다.

두 사람의 안내를 받아 도착한 곳은 살롱이었다.

"……여기까지 오는 길은 어떠셨습니까?"

자리에 앉자마자 브루노가 무난한 질문으로 대화를 시작했다.

함께 자리한 켈리도 절묘한 타이밍으로 대화에 끼어들었다.

세 사람은 시종일관 화기애애한 분위기로 잡담을 나눴다.

"그러고 보니 로멜르 님. 우리 영지의 술을 마셔 본 적 있으십니까?"

"물론 있습니다. 필링 공작가의 맥주는 아주 맛있으니까요."

"칭찬해 주셔서 영광입니다. ……어떻습니까? 아껴 둔 술이 있는데."

"꼭 마시고 싶군요."

"다행이군요. ……그럼 로멜르 님. 다른 방으로 안내해 드리겠습니다."

"전 이만 실례할게요."

브루노가 일어서자 곧 그의 옆에 앉아 있던 켈리도 따라서 일어섰다.

"덕분에 오늘 즐거운 시간을 보냈습니다. 감사합니다. 기회가 있으면 꼭 다시 뵙고 싶군요."

"영광입니다. 꼭 그러지요."

켈리와 헤어진 후 로멜르는 브루노와 함께 다른 방으로 옮겼다.

벽이 온통 책으로 가득한 방이었다. 이 방만 봐도 브루노가 얼마나 책을 좋아하는지 알 수 있을 정도다.

"살풍경한 방이라서 죄송합니다."

로멜르의 시선을 눈치챈 브루노가 쑥스럽게 웃으며 말했다.

"별말씀을……. 책을 무척 좋아하시나 보군요."

"네……. 책벌레라고 놀림 받은 적이 있는데 그것도 아예 틀린 말은 아니죠."

두 사람은 실내 중앙에 놓인 소파에 마주 보고 앉았다.

다음 말을 고르는 것처럼, 또는 서로가 서로를 살피는 것처럼 두 사람은 말없이 시선을 주고받았다.

정적 속, 아무리 시간이 흘러도 정작 중요한 술은 좀처럼 가져올 기색을 보이지 않았다.

"……얘기를 들을 만한 가치가 있다고 인정하신 걸로 받아들여도 될까요?"

먼저 입을 연 것은 로멜르였다.

그의 시선은 조금 전 두 사람이 들어온 문을 향하고 있었다.

브루노는 못 당하겠다는 듯이 쓴웃음을 지으며 자세를 바로잡았다.

"네, 그렇습니다. ……술은 구실입니다. 이제부터는 저와 로멜르 공 둘이서만 이야기를 나눠도 될 것 같아서요. 물론 아주 근사한 술이 있다는 말도 거짓은 아닙니다."

"그렇습니까. ……저는 부인께서 함께 계셔도 별 상관 없습니다만."

그 말에 브루노는 로멜르를 살피듯이 응시했다.

"농담입니다. ……그만큼 아무것도 거리낄 게 없다는 뜻입니다."

로멜르는 쓴웃음을 지으며 말을 이었다.

"그렇군요. ……그럼 로멜르 공. 본론으로 들어갈까요."

그 후로 로멜르는 그린들 공작가에서 그랬던 것처럼 바스칼 공작가의 부정과 타스멜리아 왕국과의 동맹체결에 대해 이야기했다.

아까와 다른 것이라면 모리스와는 달리 브루노에게는 각오를 묻지 않았다.

사공이 많으면 배가 산으로 가는 법……. 모리스가 주체적으로 움직이겠다고 선언한 이상 굳이 브루노까지 부추길 필요는 없다.

다만 모리스가 편하게 움직일 수 있도록 정보를 공유하는 차원에서 바스칼 공작이 저지른 짓을 알려 줬다.

……무엇보다도 로멜르는 실제로 대면해 보고 상대의 인품을 주의 깊게 관찰한 후 해야 할 말을 고르고 있었다.

상대와 장소에 따라 말을 고르는 것…… 그것은 특히 귀족이라면 누구나 하는 일이지만 로멜르는 그 기량이 매우 빼어났다.

재상 직에 앉아서 평소 자국의 귀족과 싸우고 있기 때문이기도 하고, 또 종종 거리에 나가서 많은 사람들과 어울리는 것도 그의 기량을 높여 준 하나의 원인이긴 하지만, 가장 큰 이유는 바로 그의 관찰 안 덕분이었다.

두 사람의 대화는 별다른 파란 없이 시종일관 부드럽게 흘러갔다.

먼저 그린들 공작과 이야기를 마무리해 놓은 덕분에 로멜르는 곧 브루노의 이해를 얻을 수 있었다.

"……그럼 브루노 공. 공께서 우리 나라를 방문하실 날을 기대하겠습니다."

"네. 우리 나라에서 이 일이 무사히 마무리되면 찾아뵙겠습니다. 그때는 바쁘시더라도 꼭 다시 이야기를 나누고 싶군요."

"물론이지요. ……그때는 켈리 부인도 함께 오십시오. 제 아내도 고대하며 기다릴 겁니다."

"네."

그리하여 로멜르와 브루노는 또다시 악수를 나눈 후 회담을 마쳤다.

† † †

브루노는 창문 너머 로멜르가 떠나는 모습을 물끄러미 지켜보았다.

"……회담은 어땠나요? 여보."

아내 켈리가 그의 곁으로 다가와서 살포시 몸을 기댔다.

"……무서웠어. 과연 타스멜리아 왕국의 재상답더군."

그는 아내를 돌아보지 않고 창밖으로 시선을 향한 채 대답했다.

그런 남편의 모습에 켈리는 쓴웃음을 지었다.

"그건 그래요. ……단순한 잡담이었지만 그의 폭넓은 지식과 깊이는 정말 놀랍더군요. 독서가인 당신의 이야기를 따라갈 수 있는 것만으로도 놀라운 일인데 은근슬쩍 정보를 털어놓게 만드는 그 화술은 정말 무서울 정도였어요. ……게다가……."

켈리는 날카로운 시선으로 로멜르가 떠난 방향을 바라보았다.

그 얼굴에서 로멜르를 맞이할 때 보였던 부드러움은 조금도 찾아볼 수 없었다.

"왜 그래? 켈리."

브루노는 걱정스러운 표정으로 부자연스럽게 대화를 멈춘 그녀를 바라보았다.

"……아니에요. 그보다 당신은 왜 로멜르 님을 무섭다고 한 거죠?"

"그 사람, 눈치챈 것 같아. 사실은 내가 아니라 당신이 그를 선택했다는 걸."

"흐음…… 역시."

브루노의 말에 켈리는 그다지 놀라는 기색도 없이 납득한 것처럼 맞장구를 쳤다.

"역시? 켈리, 당신은 알고 있었나?"

그 반응에 놀란 것은 오히려 브루노였다.

"그렇지 않을까 했어요. ……살롱에서 이야기를 나눌 때 점차 나한테 이런저런 말을 걸더군요. 처음에는 나를 배려하느라 그런가 보다 했는데 대화 내용을 보니 오히려 그가 나를 시험하고 있는 것 아닐까 하는 생각이 들었어요. 그의 화술이 워낙 능숙해서 이건 그저 추측에 불과하지만……. 그래서 일찌감치 자리를 뜬 거예요. 제

무덤을 파는 것보다는 나을 것 같아서."

"그래……. 그런 거였나. 그런데 당신은 어째서 그를 인정한 거지?"

"첫째, 필링 공작가에 오기 전에 그린들 공작가를 방문한 것. 당연히 모리스 님에게도 같은 말을 했겠죠. ……모리스 님은 사람의 감정에 민감하지는 않지만 본질을 꿰뚫어 보는 능력은 굉장히 탁월해요. 그분 앞에서 잔꾀를 부려 봐자 거절당할 게 뻔하고 거짓을 꾸미는 건 더 말할 필요도 없죠. 하지만 로멜르 님은 우리 가문에 도착했을 때 딱히 초조한 기색도 보이지 않았고 살롱에서 이야기를 나눌 때도 시종일관 여유가 느껴졌어요. 그 모습을 보고 모리스 님과의 회담은 성공적으로 끝났다는 걸 추측했죠. 그렇다면 전쟁에 부정적인 당신에게 그를 돌려보낼 이유가 없다고 생각했어요. 무엇보다도 그린들 공작가가 움직인다면 시류에 늦지 않게 정보를 손에 넣을 필요가 있죠."

"그렇군……. 그리고 또?"

"그리고 아까도 말했다시피 그의 지식량과 관찰안 때문이에요."

"그렇군……."

"미안해요, 여보. 어차피 눈치챘다면 나도 같이 있을 걸 그랬나 보네요."

켈리의 얼굴이 어두워졌다. 그런 그녀를 바라보며 브루노는 부드러운 미소를 지었다.

"할 수 없지. 그때는 확신이 없었으니까. 당신은 당신대로 최선을 다하려고 한 거야. 그러니까 그런 얼굴 하지 마. ……애초에 전혀 눈치채지 못한 내게는 당신을 책망할 자격도 없지만."

"여보……."

"역시 내겐 당신이 필요해. 켈리. 나는 어차피 책벌레일 뿐이야. 사람을 상대하고 교섭하는 쪽에는 소질이 없어. 당신이 있기 때문에 나는 필링 공작가를 이끌어 갈 수 있는 거야. ……늘 고마워, 정말로."

물론 필링 공작가의 가주는 브루노지만 집무는 그녀와 공동으로 맡고 있다.

책을 지나치게 좋아해서 국내에 유통되는 온갖 서적을 입수하여 닥치는 대로 읽은 그의 지식량은 나라 안에서도 첫손에 꼽힌다. 하지만 사람을 상대하는 건 귀찮다고 피하기만 한 탓인지, 아니면 애초에 남에게 관심이 없어서 그런지…… 그는 사람의 마음을 잘 읽지 못했다.

그래서 교섭을 비롯하여 타인과 관계를 맺어야 하는 일에는 매우 서툴렀다.

반면 켈리는 관찰안이 뛰어나고 무엇보다도 브루노가 인정할 만큼 지식도 풍부해서 교섭이나 조정은 그녀가 도맡아하고 있다.

그것이 현재 필링 공작가가 영지를 다스리는 방식이다.

"그렇게 말하지 말아요. 내가 존경하는 당신을 스스로 깎아내리지 말아요."

"그게 아니라 당신같이 보기 드문 여인을 반려로 맞이한 게 얼마나 행운인지 새삼 곰씹어 본 것뿐이야. ……그런데 켈리. 만약 진짜로 타스멜리아 왕국에 방문하게 된다면 그때는 당신도 함께 가겠어?"

"그럼요, 물론이죠."

"다행이다……! 그럼 지금 당장 아까 로멜르 님에게 들은 정보를 공유해도 될까?"

그리고 브루노와 켈리는 방 안에 놓여 있는, 조금 전까지 로멜르가 앉아 있던 소파로 걸어갔다.

† † †

모리스 그린들, 브루노 필링과의 회담을 무사히 마친 로멜르는 여관방으로 돌아오자마자 팔다리를 추욱 늘어뜨린 채 의자에 앉았다.

"……수고하셨습니다, 로멜르 님."

그런 로멜르에게 알프가 차를 건넸다.

로멜르는 가볍게 인사하며 찻잔을 받아 들고 천천히 차를 마셨다.

"아…… 살 것 같다."

그렇게 중얼거리며 로멜르는 찻잔을 책상에 올려놓고 또다시 허공을 올려다보았다.

"내일도 있으니 오늘은 푹 쉬십시오."

"그래. ……그럼 그렇게 할까."

알프의 말에 대답하면서도 로멜르는 좀처럼 움직이려 들지 않았다.

"……그 전에 알프. 내일 방문할 예정인 크로우 공작가와 바스칼 공작가에 대해 보고해 주게."

"알겠습니다."

크로우 공작령은 림멜 공국 남서쪽, 트와일 국과 타스멜리아 왕국에 인접한 위치에 있다.

가주의 이름은 체스터 크로우. 가족은 딸 둘.

……아내는 일찍 세상을 떠났으며 체스터는 그 아내가 남기고 간 두 딸을 끔찍하게 사랑하고 있다.

영지의 위치상 트와일 전쟁에 관한 정보를 잘 파악하고 있으며 그 때문에 가젤의 위협을 가장 두려워하고 있는 가주.

"강경파와 온건파, 각각의 접촉은?"

"모두 크로우 공작가를 자신의 진영으로 끌어들이기 위해 갖은 방법으로 회유하고 있습니다. 특히 딸과 혼약을 타진하는 경우가 많습니다."

"두 딸에게 아직 약혼자가 없나 보군……. 뭐 딸을 사랑하는 아버지라면 이 정세에 섣불리 어느 한 가문과 혼약을 맺지는 못하겠지만."

"네. 크로우 공작가를 위한 최선책은 온건파와 강경파 양쪽과 혼약을 맺는 것이지만…… 두 딸 중 하나는 권력투쟁에 패한 파벌에 속하게 될 테니까요."

"그렇군. 그래도 보통 귀족이라면 양쪽과 손을 잡을 텐데……. 그만큼 크로우가 딸을 사랑한다는 뜻이겠지."

"저도 같은 생각입니다."

"가족을 사랑하는 크로우 공작가라……. 영지 통치 쪽은?"

"지난 보고에서 문제다운 문제는 찾을 수 없었습니다."

"호오……. 참고로 자네는 지금까지 크로우의 일솜씨를 보고 어떻게 생각했나?"

"어디까지나 자료를 읽고 느낀 제 사견입니다만…… '틀에서 벗어나지 않는 분' 이라고 생각합니다. 선대가 만들어 낸 기초를 부수지 않고, 그 틀을 따라 결정을 내리는 분이죠."

"……역시 자네도 그렇게 느꼈나."

로멜르는 고개를 든 채 얼굴을 살짝 옆으로 기울여 알프를 바라보았다.

"그런 사람을 평범하다고 업신여기는 자들도 있지만…… 절대 얕잡아 볼 수 없는 자야. 오히려 무섭기조차 하지. 정치란 몇 가지 새로운 정책을 계획하고 실행해 옮기는 거라네. 계획을 세울 때는 그 계획에 무리가 없는지, 뭔가 간과하거나 허점은 없는지 등등, 얼마나 앞을 내다보고 생각할 수 있느냐가 중요해. 그에 반해 실행은…… 뭐 당연히 그 계획에 따라 실행하기 '만' 하면 되지만…… 그 실행하기 '만' 하는 게 참으로 어려운 법이지. 세상일이란 생각대로 되지 않는 법…… 임기응변 같은 대처도 필요하고 때로는 계획을 재고해야 할 경우도 있어. 특히 계획과 실행을 다른 자가 맡게 될 경우 세세한 부분까지 계승할 수 없어서 헤매는 경우도 많은데…… 잘도 그렇게까지 깔끔하게 계승했군."

"주제넘은 말씀이지만…… 무척 실감이 담긴 말씀이로군요."

"하하…… 뭐 그렇지. 아버님의 일을 물려받았을 때 온갖 고생을 한 것은 이제 와서 생각해 보면 좋은 추억이라네."

로멜르의 말에 알프도 웃었다.

"무서운 자 하니까…… 그 필링 공작 부인."

"켈리 필링 말씀입니까."

"그래, 그녀."

문득 로멜르는 작게 웃었다.

"……무섭다니 뭘 말씀하시는 거지요? 죄송하지만 앞으로 참고할 수 있도록 알려 주시겠습니까?"

알프는 드물게도 그 말의 진의를 파악하지 못했는지 살피는 듯한 시선으로 물었다.

"글쎄……. 최종 판단은 물론 브루노가 내리겠지만…… 아무래도 그 과정은 부인이 집무를 맡고 있을 거야."

"설마……."

"확실한 증거는 없지만…… 십중팔구 그럴걸."

로멜르는 그렇게 중얼거리며 싱글싱글 웃었다.

"어째서 그렇게 생각하십니까? 그리고 왜 그렇게 기뻐 보이시는지……."

"대화를 해 보면 알잖아. 교섭에 상당히 익숙해 보였어. ……도중에 자리를 뜬 건 분명히 내가 그 사실을 알아차렸다는 걸 눈치챘기 때문일 거야. ……그리고 왜 기뻐 보이냐고 물었지. 기쁘다기보다는 날 즐겁게 해 줘서 기분이 좋은 거라네."

"즐겁게 해 줬단 말입니까?"

"그래……. 그 부인의 화술은 제법이었어. 조금만 방심하면 이쪽의 속셈을 파헤치려 들더군. 그런 줄다리기 같은 대화를 즐긴 건 정말 오랜만이야. 게다가 브루노의 머릿속에 들어 있는 지식량도 굉장하더군. 그 두 사람은 아주 좋은 콤비야."

"결코 우리 편이 아닌데…… 아니, 오히려 그렇기 때문일까요. 강적이 나타난 것을 기뻐하시다니…… 로멜르 님은 자신을 시련에 몰아넣는 것을 좋아하십니까."

"……그럴지도 몰라."

로멜르는 생각에 잠긴 것처럼 아련한 눈빛으로 대답했다.

"아니, 나는 평화를 사랑해. 너무나도. ……그래서 여기까지 온 거야. 하지만 동시에 내가 어디까지 할 수 있을지 시험해 보고 싶기도 하지. 그러니까 뭐…… 같은 일을 하는 만만치 않은 자를 보면 괜히 가슴이 두근거린다네."

"그렇군요……."

그렇게 중얼거리며 알프는 웃었다.

"왜 고개를 끄덕이는 건가?"

"두 가지 이유 때문입니다. ……제 눈에 로멜르 님은 사리사욕 때문이 아닌, 헌신적일 만큼 나라를 위해 애쓰는 것처럼 보였습니다. ……솔직히 왜 그렇게까지? 라고 생각할 때도 있었지요. 하지만 욕심이 없는 사람은 없나 보군요. 로멜르 님께도 자신의 힘을 시험해 보고 싶다는 욕심이 있다는 말을 듣고 안심했습니다."

"……그런가."

"또 하나……. 이건 가젤 님도 마찬가지입니다만 두 분 모두 위험을 꺼리지 않고 즐기는 대담함을 갖고 있기 때문에 이 상황에서 가장 냉정한 결단을 내릴 수 있는 거로구나, 라는 생각이 들었습니다."

"……나는 더 이상 분석하지 않아도 돼. 그보다 다시 하던 얘기를 계속하지. 다음은 바스칼 공작가일세."

로멜르는 쑥스러운 듯이 알프에게서 시선을 떼고 위를 바라보았다.

"실례했습니다."

그런 로멜르의 반응에 알프는 더욱 깊은 미소를 지으며 머리를 숙인 후 또다시 진지한 표정으로 입을 열었다.

바스칼 공작가.

……영지는 림멜 공국 남쪽, 슬리거 공작가와 크로우 공작가 사이에 위치하고 있다.

아내와는 10여 년 전 이혼했으며 둘 사이에 아들 하나가 있다.

"이미 보고 드렸다시피 바스칼 공작가는 내정이 매우 궁핍합니다. 그러다 보니 아무래도 돈놀이꾼 상인의 감언이설에 넘어가서 인신매매에 손을 댄 것 같습니다. 처음에는 바스칼 공작령 안에서 상품을 조달했던 모양이지만 최근에는 나라 전체에서 납치를 벌이고 있는 것 같더군요. ……뭐 5대 공작가의 비호를 받는 자를 쉽게 조사할 수는 없을 테니 그걸 이용한 거겠지요. 그러다 그 사실을 슬리거 공작가에 들키는 바람에 강경파에 이름을 올리게 된 것 같습니다……. 그 증거로 슬리거 공작령에서만 상품 조달을 위한 납치를 벌이지 않고 있습니다."

"……그런데 그린들 공작도 필링 공작도 자신의 영지에서 사람들이 부자연스럽게 사라지는 것을 눈치채지 못했나? 오늘 만나 보니 다들 그 정도도 눈치채지 못할 사람들이 아닌 것 같던데……."

"그건 바스칼 공작가에서 일하는 그 상인의 수완 덕분이겠지요. ……난리칠 가족이 없으면 아무래도 영주의 귀까지 얘기가 들어가지는 않을 테니까요."

"그렇군. ……뭐 그럼 가능하겠지."

"네. 저희는 답을 알고 조사한 덕분에 사실을 알아낼 수 있었지만…… 만약 그렇지 않다면 조사는 난항을 겪었을 겁니다."

"호오……. 자네 입에서 그런 말까지 나오게 하다니 제법이잖아. ……뭔가 추가 정보는 없나?"

"실은 그 돈놀이꾼, 교묘하게 숨겨져 있지만…… 뒤에서 슬리거 공작과 이어져 있을 가능성이 있습니다."

알프의 말에 로멜르는 소리를 내서 웃었다.

"하하하……. 한마디로 그건가. 슬리거 공작이 뒤에서 모든 걸 조종했단 말이지. 그러니 바스칼 공작의 소행을 눈치챈 것도 당연한 일이군. 그렇다면 애초에 재정이 쪼들리게 된 것도 슬리거 공작이 꾸민 짓일지도 몰라."

"그렇게 말씀하실까 봐 이미 조사해 봤습니다."

"호오……. 참고로 슬리거 공작과 이어져 있을지도 모른다고 생각하게 된 경위는?"

"그 상인을 철저하게 조사해 봤습니다. ……본명은 디르크. 태생은 수도. 아버지도 상인이었는데 어릴 적 빚을 남기고 도산. 그 후 각지를 전전하며 이른바 뒷세계 일을 생업으로 삼는 조직의 잔심부름꾼으로 일하기 시작했습니다. 그러다 두각을 드러냈고…… 아무래도 그 무렵 슬리거 공작과도 거래가 있었던 모양입니다. 하지만 조직의 심복에게 배신당해서 어이없이 실각. 그때 이름을 바꿔서 현재의 노르트라는 이름을 쓰게 된 것 같습니다. 그리고 왕도에서 근근이 비합법적인 약물을 다루는 상회를 운영하다가…… 요 몇 년 동안 점차 경영을 확대하고 있습니다. 과거의 경위를 통해 추측하건대 이 상회의 비약적인 성장 뒤에는 슬리거 공작이 있을 가능성이 큽니다. 그 문제는 앞으로도 계속 조사하도록 하죠. 다만 여기까지 알아내는 데도 생각보다 더 많은 시간이 걸리는 바람에……. 보고가 늦어져서 정말 죄송합니다."

"아니, 좋아. 오히려 잘 조사해 줬네. ……바스칼 공작가의 재정은 조사해 봤나?"

"원래 바스칼 공작가는 딱히 유복한 편은 아니었습니다만…… 데니스 바스칼의 전처와 둘 사이에서 태어난 아들의 낭비벽 때문에 재정이 완전히 기울어졌다고 합니다. 일전에 조사했을 때는 수상한 점이 보이지 않아서 조사를 중단했습니다만…… 지금은 슬리거 공작이 손을 썼을 가능성도 고려해서 조사하고 있습니다. 전처의 친정은 슬리거 공작과 딱히 연결점이 보이지 않아서 당시 교우관계를 조사 중입니다."

"그런가. ……알아내는 즉시 보고하게. 그런데 그 당시부터 타스멜리아 왕국 침공을 염두에 두고 있었단 말인가? 아니면 당시에는 단순히 국내 권력다툼의 일환으로 움직였던 걸까…….”

“움직이기 시작한 시기를 감안하면 후자일 가능성이 높습니다.”

“흐음……. 그렇군. 뭐 우리 나라를 침공하려는 것도 권력다툼의 일환일 테니까. 적과 아군을 가르기에 안성맞춤이지. 그리고 우리 나라를 침공하기 위한 정당성만 손에 넣으면…….”

로멜르는 부자연스럽게 말을 끊었다.

“……왜 그러십니까?”

“아……. 나 자신의 무능함에 눈물이 나는군. 바스칼 공작과 손을 잡았던 우리 나라 영주…… 탤벗 백작가에 잠입시켰던 자네 수하는 아직 그곳이 있나?”

로멜르의 얼굴에서 모든 표정이 사라졌다.

감정다운 감정이 사라진, 지독히 무기질적인 얼굴.

차갑게 빛나는 눈동자로 바라보자 마치 칼날에 찔린 듯한 느낌이 들었다.

“네, 네에.”

알프는 당황하면서도 곧 반응을 보였다.

“그럼 처벌의 일환으로 탤벗 백작에게서 몰수할 예정이었던 자금을 자네에게 넘겨주지. 자네 수하한테 지시해서 장부를 조작하라고 해. 그 돈에서 시세에 합당한 통행료를 제외한 금액을 ‘바스칼 공작가에서 맡긴 돈’으로 둔갑시키게. 그걸 핑계로 국가에서 몰수하는 걸 취소하라고 루이에게 연락하게나. 그리고 자넨 탤벗 백작을 구슬려서 바스칼 공작가에 그 자금을 돌려주라고 하게.”

“알겠습니다. 그럼 돌아오는 즉시…….”

“아니, 지금 당장 하게. 오히려 지금도 너무 늦었어. 난 지키지 않아도 되니까 당장 착수하게."

"알겠습니다. ……그런데 움직이기 전에 이유를 물어봐도 되겠습니까?"

"……틀림없이 슬리거 공작은 국내 권력다툼을 위해서 타스멜리아 왕국을 침공할 생각이었을 거야. 정당한 사유로 침공하면 그것은 '정의'가 되지. 그 정의를 찾아내면 슬리거 공작은 국내에서 발언권이 더욱 강해질 걸세. 반면 반대하면 반대할수록 우리 나라와 교류가 있는 그린들 공작이나 필링 공작은 발언권이 약해지겠지. 그걸 내다보고 그런 짓을 벌인 거야."

"설마 그 정당한 사유라는 게……."

"바로 그거야. 타스멜리아 왕국과 바스칼 공작가가 결탁해서 림멜 공국의 백성들을 유괴했다…… 그런 줄거리겠지. 즉…… 처음부터 바스칼 공작은 이용하고 버릴 패였던 거야."

"그렇군요. 그럼 슬리거 공작이 움직이기 전에 정리하는 게 좋겠군요."

"그래. 어디까지나 우리는 선량한 제3자. 아무것도 모르고 그저 요구대로 문호를 열어 입국을 허가한……. 하지만 돈을 받은 이상 아무리 우겨도 그렇게 보이지 않겠지? 아무것도 모른다고 잡아떼기 위해서는…… 뭐 사실 탤벗 백작은 정말로 아무것도 몰랐지만…… 아무튼 백작이 받은 돈을 돌려주는 게 필수야. 바스칼 공작가의 내정이 아직 궁핍한 상태라면 당장이라도 돈을 받을 걸세. 알겠나, 돈은 앞으로 5일 안에 반드시 돌려주도록 하게. 림멜 공국과 가장 가까운 탤벗 백작령에서 여기까지는 최대한 빠르게 달리면 이틀, 왕도에 들르지 않고 탤벗 백작령과 공국을 오가기만 할 경우 나흘. ……5일 후에는 바스칼 공작가에 자금을 돌려줄 수 있겠군."

"네. 잠을 자지 않고 움직이면 하루 반 만에 오갈 수 있을 겁니다. 탤벗 백작, 즉 일을 저지른 장본인은 칩거 중, 다음 대 백작은 경험이 부족해서 로멜르 님의 이름을 들먹이면 당장이라도 움직일 겁니다. ……이 일은 저의 재량에 맡겨 주시겠습니까?"

알프의 눈이 수상하게 빛났다.

그런 알프의 변화에 로멜르는 살짝 입꼬리를 올렸다.

"하하…… 좋아. 자네라면 '공포'라는 감정을 잘 이용할 수 있겠지? ……다시는 이런 일이 일어나지 않도록 새로운 탤벗 백작님께 목줄을 채우게. 내친김에 루이에게 편지를 쓸 테니 자네 수하에게 전하라고 하게나."

"알겠습니다. ……그런데 왜 5일 안에 돌려줘야 하는 겁니까?"

"내가 다른 림멜 공국의 공작과 만나기 전에 끝내는 게 바람직하니까. 특히 슬리거 공작가와 만나기 전에. 만약 자금을 돌려주는 게 늦어져서 내가 먼저 나라로 돌아갈 경우, 까딱하면 내가 그린들 공작가나 필링 공작가와 결탁했다는 추궁을 받게 될지도 몰라. 그러니까 이번 방문에서 반드시 슬리거 공작과 다른 공작들을 만나야 하지만…… 돈을 돌려주기 전까지는 그것도 문제가 될지 모르지. 그러니까 나는 내일부터 아프다는 핑계로 크로우 공작, 바스칼 공작과의 회담을 취소하고 당분간 시간을 벌겠네. 단 아프다는 핑계로 이 나라에 체류하는 게 부자연스러워 보이지 않는 기간은 7일 정도일 거야."

"……국내에 건강이 악화돼서 협상에 시간이 걸린다는 소문을 퍼뜨리라고 부하들에게 지시를 내리겠습니다. 또 루이 님께는 로멜르 님의 일정을 조정해 달라고 부탁하고 슬리거 공작과의 새로운 회담 일정을 잡도록 하지요."

"그래."

그 후로 로멜르는 몸져누운 척하고 여관에 틀어박혀 지냈다.

원인은 여행의 피로 때문이라고 둘러댔다.

로멜르는 아무도 만나지 않고 알프가 돌아오기를 기다렸다.

항상 의자에 앉아서 깊은 생각에 잠겨 있는 모습에 크로이츠와 호위들은 걱정이 돼서 몇 번이나 말을 걸려고 했지만…… 그때마다 도중에 그만뒀다.

로멜르에게서 풍기는 팽팽하게 곤두선 공기 때문이었다.

그러던 어느 날, 기묘한 인물이 여관을 찾아왔다.

이 여관에 묵고 있지도 않은 인물에게 편지를 전하러 왔다는 것이다.

여관 관리인은 장부를 확인한 후 그런 사람은 없다고 말했지만 그는 "그럴 리 없다. 반드시 있을 거다."라고 우기며 버텼다.

관리인을 가엾게 생각한 걸까, 아니면 순수하게 그 신기한 손님을 수상하게 여긴 걸까…… 입구를 감시하던 호위 한 사람이 크로이츠에게 기묘한 손님의 방문을 알렸다.

"미안하지만 이 여관에 묵고 있는 사람은 우리뿐이다. 실례지만 여관을 잘못 찾은 것 아닌가?"

크로이츠가 그렇게 말하자 기묘한 손님은 의아한 표정을 지었다.

"여긴 파보라는 여관이다. 혹시 파리마와 착각한 것 아닌가?"

그 말에 기묘한 손님은 잠시 생각에 잠겼다가 이윽고 알겠다는 듯이 고개를 끄덕였다.

"그럴지도 모르겠군. ……소란을 피워서 미안하다. 그런데 당신들 혹시 여행자들인가?"

"……뭐 그 비슷하지."

"그렇군. 어쩐지 체격이 좋더라니. ……친절하게 가르쳐 줘서 고맙다."

툭. 기묘한 손님은 스스럼없이 크로이츠의 가슴을 두드린 후 떠났다.

"죄송합니다, 손님. 폐를 끼쳐서……."

카운터 너머에서 여관 주인이 크로이츠에게 미안한 듯이 말했다.

"아니, 괜찮소. 나도 내가 묵고 있는 여관을 자칫하면 착각할 뻔해서 기억하고 있었던 것뿐입니다."

"그렇군요……. 2대 전의 주인이 형제와 함께 각각 여관을 차렸는데 그때 이름을 비슷하게 지었지 뭡니까. 그 후로 헷갈리니까 바꾸자, 바꾸자 하면서도 결국 애착이 생겨서 그대로 두고 있지요."

"하하……. 애착이 생기면 아무래도 바꾸기 어렵지요. 그럼 저는 이만 실례합니다."

로비를 벗어난 크로이츠는 조금 전까지 짓고 있던 서글서글한 웃음을 거두고 미간을 찡그렸다.

실은 저런 기묘한 손님이 나타나리라는 것은 며칠 전 알프에게 들어서 미리 알고 있었다.

그리고 그 손님을 어떻게 대해야 하는지도.

그리고 지시대로 전부 실행했다. ……그건 확실하다.

문제는 이제부터 저 무시무시한 분위기를 풍기는 로멜르에게 말을 걸어야 한다는 사실이었다.

"……저어, 로멜르 님."

결국 크로이츠는 차마 도망치지도 못하고 마음을 굳게 먹은 뒤 로멜르에게 말을 걸었다.

"……무슨 일이지? 누가 왔나?"

로멜르는 그를 쳐다보지도 않고 여전히 미간을 찡그린 채 대답했다.

"아, 네에. 알프 씨가 말씀하신 대로였습니다."

"그렇군. ……그럼 그자에게 받은 걸 이리 주게."

실은 조금 전의 기묘한 손님은 알프가 보낸 자였다.

알프의 수하이자 이 림멜 공국에서 활동하고 있는 인물.

잠입한 곳에서 공개적으로 정보를 주고받을 수도 없고, 그렇다고 연락을 하지 않을 수도 없어서 알프는 만에 하나 자신이 움직이지 못할 경우에 대비하여 자신의 수하와 크로이츠에게 각각 정보를 주고받는 방법을 알려 줬다.

그 방법대로 기묘한 손님이 여관을 찾아왔고, 그리고 지시대로 정해진 대사를 말했다.

크로이츠가 그와 주고받은 대화도 전부 알프의 지시대로.

……즉 조금 전의 대화는 전부 암호였다.

그리고 무사히 암호를 맞힌 크로이츠에게 정보가 적힌 메모를 넘겨준 것이다.

그가 크로이츠의 가슴을 가볍게 두드렸을 때.

그런 경위를 거쳐 손에 넣은 그 메모를 로멜르는 뚫어지게 바라보았다.

내용은 이제부터 만날 예정인 슬리거 공작에 대한 것이었다.

슬리거 공작가.

영지는 림멜 공국 동부에 위치하고 있으며 영지 남단은 타스멜리아 왕국과 인접해 있다.

가주는 커티스 슬리거.

나이는 60이 넘었으며 5대 공작가 가운데 가장 나이가 많은 가주.

자식은 아들 둘.

적장자인 장남 코디스 슬리거는 온화한 성품으로 취미는 약초 재배. 그래서 약초를 다루는 상인들과 교류가 잦다.

차남 마일스 슬리거는 고집이 세고 자기과시욕이 강한 성격이다.

두 형제 중 누가 차기 슬리거 공작에 어울리는지, 신하들을 포함하여 공작가 안에서도 의견이 분분한 상태.

이유는 세 가지다.

첫째. 두 아들의 나이가 두 살밖에 차이가 나지 않는다.

둘째. 장남은 몸이 약하고 차남은 몸이 튼튼하다.

그리고 셋째. 가주인 커티스가 차남의 성격을 마음에 들어 해서 그를 특히 아끼고 있기 때문이다.

그 때문에 차기 가주는 아직 정해지지 않았다.

"……저어, 로멜르 님."

마침 서류를 다 읽었을 때 크로이츠가 로멜르에게 말을 걸었다.

"뭔가?"

"무슨 좋은 일이라도 적혀 있습니까?"

그 물음에 로멜르는 한순간 크로이츠에게 시선을 향했다.

"저어…… 그 서류를 보실 때 웃고 계셔서요."

그 말에 로멜르는 한순간 굳어 버렸다.

……즐거워 보였다고? 지금 이 상황에서? 내가?

그런 의문이 머릿속을 스치고 지나갔다.

"아니……. 안타깝게도 이 정보만으로 사태가 호전되진 않을 걸세. 다만 앞으로 움직이는 데 도움은 되겠지."

"아, 네에…….."

그 말의 의미가 정확하게 전해지지 않은 것일까, 크로이츠의 반응은 시큰둥했다.

하지만 크로이츠는 잠시 생각에 잠긴 후 씨익 웃었다.

"이미 완성된 맛있는 요리가 아니라 일류 식재료가 도착한 거로군요. ……다만 아무리 일류 식재료라도 실력이 뛰어난 자가 요리하지 않으면 맛있는 식사를 할 수 없겠죠. 그 반대도 마찬가지. 로멜르님께서 요리를 하신다면 그 식재료는 틀림없이 맛있는 식사로 둔갑하겠지요. 그런 의미입니까?"

"크로이츠, 자네는 아첨이 아주 뛰어나군."

"칭찬해 주셔서 영광입니다."

장난스럽게 대답하는 크로이츠를 바라보며 로멜르는 쓴웃음을 지었다.

그로부터 이틀 후…… 로멜르가 여관에 틀어박힌 지 5일이 지났을 무렵, 알프가 돌아왔다. 피곤함을 전혀 느낄 수 없는, 평소와 다름없는 부드러운 미소를 지으며.

"……어떻게 됐나?"

"내일이면 바스칼 공작가에 자금이 반환될 겁니다."

"호오……. 일정이 촉박했을 텐데 어떻게 무사히 임무를 마쳤나, 라고 묻는다면 어리석은 질문일까?"

"흔쾌히 받아들여 주셨습니다. 바스칼 공작도 슬슬 자금 융통이 아슬아슬했겠지요. ……탤벗 백작가의 이름으로 면담을 청하자 곧 허락이 떨어졌습니다. 사무관에게 탤벗 백작의 편지와 자금을 건넸으니 내일이면 반환이 끝날 겁니다. 물론 서신은 제가 미리 확인했습니다. '바스칼 공작가와 손잡고 있는 노르트 상회가 우리 영지를 통행할 때 신원보증과 보험을 겸해서 자금을 맡아 두고 있었습니다. 별문제 없이 영지를 떠났으니 당연히 자금을 돌려드렸어야 하는데, 반환 요구도 없고 또 우리 가문도 세대교체 때문에 경황이 없어서 죄송하게도 돌려드리는 게 늦어졌습니다. 여기 그동안 맡아 뒀던 자금을 모두 돌려드립니다.' 라고 적혀 있더군요."

그리 일반적이지는 않지만 유력한 상인가문이나 귀족이 다른 영지를 지날 때 통행세와 더불어 예치금을 맡기는 경우가 있다.

확실한 신원 보증, 그리고 뭔가 문제에 말려들었을 때 편의를 봐달라는 보험, 두 가지 의미를 겸하고 있다.

그렇게 맡긴 자금은 아무 일도 일어나지 않으면 영지를 떠날 때 고스란히 돌려준다.

로멜르는 탤벗 백작이 수령한 자금을 그런 예치금으로 처리하게 한 것이다.

"……그래, 잘했네."

"감사합니다. ……로멜르 님과 슬리거 공작의 회담은 내일로 일정을 잡아 놓았습니다. 또 슬리거 공작을 만나기 전에 크로우 공작과도 회담 일정을 잡아 놓았습니다."

"알겠네. ……이번에 정말 수고가 많았네."

"별말씀을요. 그럼 로멜르 님. 보고는 이상입니다. 저는 이만 실례하겠습니다."

"그래. 오늘 밤은 푹 쉬게나."

그리고 그다음 날 오전, 로멜르는 크로우 공작가로 향했다.

처음에는 긴장감이 고스란히 느껴질 만큼 굳은 얼굴이었던 가주 체스터 크로우도 로멜르가 국가 간 상호불가침 조약을 화제로 꺼내자 얼음이 녹듯이 분위기가 풀어졌고, 결국 타스멜리아 왕국에서 회담을 갖자는 결론에 무사히 도달할 수 있었다.

회담을 마친 후, 일단 여관으로 돌아와서 휴식을 취한 다음 슬리거 공작가 저택으로 향했다.

이윽고 마차가 저택에 도착했다.

안으로 들어가기 전에 로멜르는 한순간 멈춰 서서 저택을 올려다보았다.

"왜 그러십니까?"

뒤따라 걷던 알프가 로멜르의 표정을 살피며 물었다.

"……아니, 아무것도 아닐세. 가지."

그 물음에 로멜르는 작게 웃으며 또다시 걷기 시작했다.

알프는 더 이상 아무것도 묻지 않고 그저 조용히 뒤를 따랐다.

"잘 오셨습니다, 로멜르 님."

입구로 들어서자 곧 집사복을 입은 노인이 로멜르 일행을 맞이했다.

집사는 환영의 미소를 지으며 아름답게 예를 표했다.

"주인님께서 기다리고 계십니다. 이쪽으로 오시지요."

하지만 그 집사를 본 로멜르와 알프는 동시에 '방심할 수 없는 인물이군.' 하고 내심 한숨을 내쉬었다.

그 노집사가 특별히 수상한 움직임을 보인 것은 아니다.

오히려 사람 좋은 미소를 짓는 상냥해 보이는 인물이었다.

하지만 그 완벽한 웃음에서 알프와 비슷한 분위기를 감지한 두 사람은 잔뜩 경계심을 품었다.

붉은 융단이 깔린 복도를 노집사는 발소리 하나 내지 않고 걸었다.

로멜르와 알프, 그리고 크로이츠를 비롯한 호위 일행이 그 뒤를 뒤따랐다.

"그럼 이쪽에서 잠시 기다리십시오. 호위 분들은 옆방에 계시면 됩니다."

방 안으로 들어간 로멜르는 집사가 권해 준 소파에 앉았다.

알프가 대기하듯 그 뒤에 섰다.

얼마 지나지 않아서 또다시 노크 소리와 함께 노집사가 나타났다.

이번에는 뒤에 가주인 듯한 인물을 대동하고.

로멜르는 자리에서 일어섰다.

"……처음 뵙겠습니다. 제가 커티스 슬리거입니다. 먼 길을 오시느라 수고가 많으셨습니다. ……몸은 이제 괜찮으십니까?"

"그때는 큰 실례를 저질렀습니다. 익숙하지 않은 여행 탓에 평소 쌓였던 피로가 한꺼번에 몰려온 모양입니다. 이제는 깨끗이 나았습니다. ……오늘 시간을 내주셔서 고맙습니다."

커티스가 맞은편 자리에 앉은 후 로멜르도 또다시 자리에 앉았다.

"그런데 로멜르 공. ……바쁘신 공께서 왜 일부러 이 나라에 오셨는지요?"

처음부터 꽤나 비꼬는 듯한 말투로군. 로멜르는 웃는 얼굴 뒤로 한숨을 내쉬었다.

"이웃 나라 분들과 교류하며 돈독한 관계를 맺는 것은 재상으로서 당연한 일 아닐까요?"

"호오…… 그래서 찾아오신 겁니까?"

커티스는 살짝 입꼬리를 올렸다. 하지만 그 눈은 조금도 웃고 있지 않았다.

"로멜르 공은 성실하시군요. 공의 나라와 우리 나라는 과거 교류다운 교류도 없었는데 말입니다. ……아, 그러고 보니 우리 나라의 일부와 귀국의 일부에서 근근이 교류가 있기는 했던 것 같습니다만."

역시 그 부분을 언급하는군. 로멜르는 미소를 지었다.

"아…… 얘기는 들었습니다. 우리 나라의 탤벗 백작과 귀국의 바스칼 공작 사이에 교류가 있었다지요. 여관을 나올 때 탤벗 백작의 심부름꾼이 와서 오늘 바스칼 공작가를 방문하기로 했다고 제게 보고하더군요. 지금쯤 회담이 끝났을지도 모릅니다."

로멜르의 말에 커티스는 처음으로 안색이 변했다.

"……그렇습니까. 우리 나라와 귀국의 좋은 가교 역할이 되어 주셨으면 좋겠군요."

하지만 그는 곧 여유를 찾았는지 또다시 빈정거리는 미소를 지었다.

"네, 그러게 말입니다. ……제 입장에서는 그 교류를 더욱 넓고 깊게 만들고 싶군요."

"그거 멋지군요. ……뭔가 구체적인 생각이라도 있습니까?"

"네, 생각이라면. ……다만 실행을 하려면 교류의 당사자인 우리의 대화가 꼭 필요하기 때문에 어디까지나 '토대' 정도에 불과합니다. 솔직히 국가 간에 협정을 맺어야 할지, 아니면 공국의 각 영지와 따로따로 맺어야 할지…… 그것부터 이쪽에서 결정하기 어려우니까요."

"호오, 그렇군요. ……언제쯤 생각을 알려 주실 예정입니까?"

"언제든지, 라고 말씀드리고 싶지만……. 이번에는 여러분을 만나기 위해 서둘러 달려오는 바람에 부끄럽게도 서류를 갖고 오지 못했습니다. 그래서 제안을 드립니다만, 여러분을 우리 나라에 초대하고 싶습니다."

커티스는 살짝 눈썹을 찡그렸다.

하지만 로멜르는 못 본 척하며 말을 이었다.

"마침 이 나라의 사교 시즌이 끝날 무렵부터 우리 나라는 건국기

념일이라 각종 행사가 열립니다. 여러분이 우리 나라를 둘러볼 수 있는 좋은 기회지요. 무엇보다도 우리 나라의 왕과 상층부, 그리고 공국의 다섯 공작이 함께 모여서 회담을 한다면 더욱 **빠르게** 결론을 얻을 수 있지 않을까요. ……다른 분들께는 이미 모두 승낙을 받았습니다. 남은 건 슬리거 공뿐입니다."

"호오……. 바스칼과 크로우도 승낙했습니까."

"왜 그 두 가문만 물으시는지는 모르겠지만…… '모두' 란 슬리거 공을 제외한 네 가문 '모두' 입니다."

바스칼 공작과는 직접 만나진 않았지만 탤벗 백작을 통해 초대장을 건넸다.

우편으로 보낼 경우에는 초대장에 답장이 없으면 참석하지 않겠다는 뜻이지만 직접 건넸을 경우에는 그렇지 않다.

오히려 자금을 돌려줘서 그런지 흔쾌히 응했다는 보고를 받았다.

탤벗 백작의 심부름꾼 속에 끼워 넣은 알프의 수하도 같은 보고를 했으니 거짓은 아니라고 로멜르는 확신하고 있었다.

로멜르의 대답에 커티스는 살짝 뺨을 일그러뜨렸다.

"……아니면 그 두 가문을 초대하는 데 뭔가 문제라도 있습니까?"

로멜르는 걱정스러운 표정을 지으며 물었다.

선의의 제3자인 척 구는 로멜르의 능청스러운 반응에 커티스는 점점 더 뺨을 일그러뜨렸다.

'그렇게 쉽게 표정에 드러내면 안 되지…….'

그의 얼굴에 드러나는 표정의 변화에 로멜르는 내심 웃었다.

오히려 이럴 때일수록 상대가 속마음을 눈치채지 못하게, 그리고 여유를 과시하는 것처럼 웃는 게 좋을 텐데.

"아닙니다……. 그 두 가문은 워낙 다른 나라와 교류하는 데 소극적이라서요. 용케 회담을 성사시키셨군요."

"바스칼 공작가가 소극적이라? 아…… 평소에는 그런가 보지요. 그렇다면 우리 나라는 바스칼 공작가 밑에서 일하는 상인에게 감사해야겠군요. 그 사람 덕분에 탤벗 백작이 바스칼 공작가와 인연을 맺을 수 있었고, 나아가서 이번 회담을 받아들여 주셨으니까요."

커티스의 얼굴이 드디어 한껏 일그러졌다.

"그건 그렇고…… 만약 정말로 와 주신다면 그건 그 자리에서 합의하는 게 가장 이상적이겠지요. 그때까지 우리 나라에서 좀 더 토대를 닦아 놓겠습니다."

한순간 커티스는 그 말에 '무슨 바보 같은 소리를.' 하고 코웃음을 쳤다.

설령 온건파인 그린들 공작과 필링 공작이 타스멜리아 왕국을 방문한다 해도 바스칼 공작과 크로우 공작은 자신이 막으면 방문할 수 없다. ……그러면 합의하는 건 불가능할 텐데. 그렇게 생각해서 웃은 것이다.

그러나 거기까지 생각한 순간, 커티스는 로멜르의 말을 떠올리며 곧 굳어 버렸다.

로멜르는 조금 전 "국가 간에 조약을 맺어야 할지, 아니면 공국의 각 영지와 따로따로 맺어야 할지…… 그것부터 이쪽에서 결정하기 어려우니까요."라고 말했다.

그 시점에서는 그 말을 액면 그대로 '림멜 공국과 조약을 맺을지, 아니면 림멜 공국의 각 영지와 조약을 맺을지, 타스멜리아 왕국 측에서는 아직 결정을 내리지 못했다.' 또는 '림멜 공국 측은 모든 영지와 각각 조약을 맺는 게 좋을지, 아니면 공국과 왕국이 국가 간에 조약을 체결하는 게 편리할지 모르고 있다.' 라는 뜻으로 받아들였다.

하지만 생각해 보면 그 말은 또 다른 의미로 받아들일 수도 있다.

왕국과 공국이 국가 간에 조약을 체결하려면 반드시 5대 공작가의 모든 가주에게 승낙을 받아야 한다.

단 영주의 권한으로 적용 범위를 각 영지로 좁혀서 체결한다면 애기는 다르다.

애초에 림멜 공국은 본래 다섯 개의 나라가 모여서 만든 나라. 당연히 영주의 권한은 크다.

그 때문에 한 영지의 주인으로서 각 영주가 타스멜리아 왕국과 조약을 체결하는 것도 가능하다.

즉 '공국과 조약을 체결할지 영주와 체결할지는 어디까지나 림멜 공국이 어떻게 나오느냐에 달려 있다. 어쨌든 조약은 타스멜리아 왕국을 방문한 영주와 체결한다. ……어느 한 영지가 빠지더라도.' 라는 뜻이다.

다른 공작가가 전부 반대한다면 몰라도 이미 5대 공작가 중 네 가문이 참가를 표명한 이상 자신이 반대해 봤자 영주로서 조약을 체결하는 것은 막기 힘들 것이다. 커티스는 내심 후회했다.

그리고 같은 이유로 각 가문이 타스멜리아 왕국을 방문하는 것도 막기 힘들 것이다.

커티스는 로멜르가 각 가문에 어떤 이익을 제시했는지 모른다.

하지만 어쨌든 각 가문이 타스멜리아 왕국을 방문하기로 약조한 걸 보면 나름대로 이익을 제시한 것 아닐까……. 커티스는 그렇게 예측했다.

이익을 기대할 수 있는 이상 국가적으로는 어쨌든 영주로서 그들을 막을 권한이 커티스에게는 없다. 또한 막을 근거도 부족하다.

억지로 막으려 들다가는 그린들 공작가와 필링 공작가가 물고 늘어질 여지를 주게 될지도 모른다.

"제 자리는 있습니까?"

거기까지 생각한 끝에 커티스는 결국 결단을 내렸다.

내심 분하기 짝이 없었지만 그래도 커티스는 미소를 지었다.

"네, 물론이지요. 저도 여러분이 모두 모이시기를 바라니까요."

"그렇습니까. ……그럼 긍정적으로 검토하겠습니다."

"호오…… 정말 감사합니다. 여러분이 오실 날을 즐겁게 기다리겠습니다."

이윽고 로멜르는 커티스와 작별인사를 나눈 후 방에서 나왔다.

왔을 때와 마찬가지로 로멜르는 노집사를 따라 저택 안을 걸었다.

"호오…… 당신은…….."

돌아가는 길에 로멜르 일행은 선이 가는 남자와 마주쳤다.

"오셨습니까. 코디스 님. 이쪽은 주인님의 손님이신 로멜르 지브 아르메리아 님과 그 일행이십니다. ……로멜르 님. 이분은 커티스 님의 장남이신 코디스 님이십니다."

"로멜르 지브 아르메리아……? 그 유명한 타스멜리아 왕국의 재상님이십니까?"

"처음 뵙겠습니다. 코디스 님. 로멜르 지브 아르메리아라고 합니다. ……유명, 이라. 저도 소문을 들었습니다. 코디스 님은 약초에 매우 해박하시다지요."

로멜르의 물음에 코디스는 웃었다.

"역시 대단하시군요, 로멜르 님. ……혹시 시간 있으십니까?"

"네, 물론."

"그럼 이쪽으로 오시지요."

코디스의 안내를 받아 커티스와 만났던 응접실과는 다른 방향으로 걸었다.

도중에 역대 가주를 그린 초상화가 늘어선 홀을 지났다.

호화로운 액자로 장식된 그 그림을 로멜르와 알프는 흥미롭게 바라보았다.

특히 알프는 아무렇지도 않은 척하면서 사실은 모든 그림의 특징을 기억하려고 평소 이상으로 머리를 굴리고 있었다.

항상 눈에 들어오는 것과 귀에 들어오는 것을 전부 '언젠가 필요할지도 모르는 정보'의 일환으로 머릿속에 넣어 두는 그에게 이곳에서만 볼 수 있는 그림은 당연히 그냥 지나칠 수 없는 귀중한 자료였다.

홀을 지나 도착한 곳은 안뜰 같은 장소였다.

정원사가 공들여 손질한 정원처럼 보는 이를 즐겁게 해 주는 곳이 아니라 굳이 말하자면 필요한 것들을 무질서하게 심어 놓은 듯한 공간이었다.

"손님들의 눈을 즐겁게 해 드릴 수는 없을지도 모르지만…… 여기는 저의 자랑스러운 정원입니다."

"호오…… 코디스 님이 직접 관리하시는 겁니까. 굉장하군요."

로멜르는 흥미로운 듯이 그 정원을 바라보았다.

문득 그의 시선이 한순간 어느 한곳에 멈췄다.

……그곳에 심어져 있는 것은 아름다운 꽃을 피우지만 실은 사람을 한순간에 죽음에 이르게 하는 맹독을 지닌 독초.

자세히 살펴보자 그 주위에는 일반적인 식용 풀을 꼭 닮은 풀과 그다지 유명하지 않은 풀 등, 어지간한 지식이 없으면 평범한 약초로 보이는 무시무시한 독초가 잔뜩 심어져 있었다.

"정말로 약초를 좋아하시나 보군요. ……정성껏 키우고 있다는 게 아주 잘 느껴집니다. ……그런데 왜 이걸 내게 보여 주는 겁니까?"

로멜르는 약초밭에서 시선을 떼고 코디스를 바라보았다.

"아, 단순한 자랑입니다. 가족들은 거들떠보지도 않으니까요……. 언젠가 가족들도 얼마나 훌륭한지 알아줬으면 좋겠군요."

"……그건 이 약초원을 가리키는 겁니까? 아니면 당신 자신을 말하는 겁니까?"

"글쎄요……. 둘 다라고 해 두죠."

코디스는 엷은 미소를 지었다.

그 미소에 한순간 오싹한 한기가 느껴졌다.

"그렇군요……. 흐음. 그런데 그 큰 뜻을 어째서 나 같은 자에게 말해 준 겁니까?"

"글쎄요……. 어째서일까요. 재미있어 보여서, 라는 이유는 안 될까요? 역시 머리회전이 빠른 분과 대화를 나누니 가슴이 설레는군요."

코디스는 여유롭고 부드러운 음색으로 말을 이었다.

그 태도와 겉모습만 보고 판단하자면 확실히 알프의 수하가 보고한 것처럼 온화한 성품으로 보였다.

하지만 대화의 내용과 풍기는 분위기가 그것을 부정했다.

그는 결코 아름답고 상냥하기만 한 남자가 아니라고.

"재미있을 것 같다, 라. 그건 당신이 커티스 공 이상으로 담대한 분이기 때문에 느끼는 감상이라고 받아들이지요. 유용한 약초로 인정받기를 간절히 기도합니다. ……그럼 코디스 님. 다음 일정이 촉

박해서 이만 실례하겠습니다."

"네, 공연히 붙잡아서 죄송합니다. 또 만날 기회를 기다리겠습니다. ……로멜르 님 일행을 잘 안내해 드리세요."

코디스와 헤어진 로멜르는 또다시 노집사를 따라 출구로 향했다.

"……응? 이봐, 그자들은……."

조금 전과 마찬가지로 출입구 부근에서 한 남자와 마주쳤다.

코디스에 비해 체격이 다부지고 허리에는 검을 차고 있었다.

"주인님의 손님이신 로멜르 지브 아르메리아 님이십니다. 로멜르 님. 이분은 주인님의 차남이신 마일스 슬리거 님입니다."

"아르메리아…… 그런 이름은 들어 본 적 없는데?"

순간 노집사는 얼굴을 찡그렸다.

손님인 로멜르 앞에서 주인의 아들이 '너희 가문 따윈 모른다.' 라고 상대를 모욕한 것이다.

게다가 그 상대는 이웃 나라 재상. 마일스 스스로 자신의 무지를 드러낸 것이나 다름없다.

만약 바로 옆에 로멜르가 있지 않았더라면 평소 냉정한 노집사도 머리를 감싸 쥐었을 것이다.

"그건……."

"에잇, 됐어. 어차피 난 들어 봤자 관심 없는 건 절대 기억 못하니까. 손님. 난 이만 실례."

마일스는 노집사의 말을 도중에 끊고 그대로 가 버렸다.

"죄송합니다, 로멜르 님."

그 무례한 태도에 그토록 침착하던 노집사도 로멜르에게 사죄했다.

"아니, 난 별로 신경 쓰지 않는다네. ……안내 고맙네."

정말로 신경 쓰이지 않는다. ……오히려 소문과 다름없는 그를 관찰할 수 있어서 고맙다고 인사하고 싶을 정도다.

이윽고 로멜르 일행은 여관으로 돌아왔다.

"이번 일, 정말 수고하셨습니다."

방에서 잠시 쉬고 있을 때, 알프가 로멜르에게 그렇게 말하며 차를 건넸다.

"아…… 모두 자네들이 도와준 덕분이지. 고맙네."

"별말씀을요. ……이제 곧 돌아갈 준비가 끝납니다. 조금만 기다려 주십시오."

"그래……."

로멜르는 뭔가 생각에 잠겼는지 멍하니 허공으로 시선을 향하고 있었다.

"……뭔가 마음에 걸리는 점이라도 있습니까?"

준비를 하며 틈틈이 곁눈질로 로멜르를 살피던 알프가 문득 그에게 말을 건넸다.

"응? ……그냥 슬리거 공작가의 장남이 마음에 걸려서."

"코디스 슬리거 말입니까?"

알프의 물음에 로멜르는 고개를 끄덕였다.

"알겠습니다. 조금 조사해 보지요. ……참고로 그 이유를 가르쳐 주시겠습니까?"

"신경 쓰이잖아. 독초를 심어 놓은 정원을 보여 주면서 '얼마나 훌륭한지 가족들이 알아줬으면 좋겠다.'라고 하다니. 대체 뭘 하고 싶은지 뻔히 보이지 않나? 애초에 독초를 심어 놓은 것 자체도 그렇고, 당당하게 그걸 보여 주며 날 시험하는 태도가 상당히 심술궂게 느껴지던걸?"

"네. 그런 점에서 차남이 그나마 알기 쉽고 귀엽더군요."

"그러게 말이야. ……알프, 지시를 내리게. 우리 나라로 돌아가면 림멜 공국과 회담 준비를 하라고 루이에게 지시할걸세. 자넨 그걸 서포트해 주게나."

"알겠습니다. ……아직 돌아갈 채비가 남아 있어서 이만 실례하겠습니다."

"그래. 부탁하네."

그리고 그날 안에 로멜르는 림멜 공국을 떠나 타스멜리아 왕국으로 돌아갔다.

제11장
공작 부인의 휴가

방학이 되어 앤더슨 후작가로 돌아온 나는 휴가를 마음껏 활용했다.

　학원에 입학하기 전에 친절하게 대해 줬던 사람들을 만나기도 하고, 상회를 살펴보러 거리를 돌아다니기도 했다.

　때로는 조금 멀리 나가서 국내의 유명한 장소를 돌아보기도 했다.

　멜로서 훈련에 참가하는 것은 물론이고 오렐리아 님의 숙녀 교육도 받았다.

　"……자, 오늘은 여기부터 시작해 볼까요."

　그리고 제일 많은 시간을 할애한 것은 림멜 공국에서 찾아올 손님들의 환영파티에 참석할 준비를 하는 것이었다.

　파티 자체는 방학이 끝난 후에 개최되기 때문에 아직 한참 남았지만 필요한 준비를 생각하면 자꾸만 초조했다.

　그래서 마침 지금이 자유롭게 시간을 쓸 수 있는 방학이라는 사실이 솔직히 고마웠다.

　림멜 공국의 언어는 타스멜리아 왕국어와 비슷한 데다 오렐리아 님의 숙녀 교육 시간에 배워서 문제없다. ……일단 오렐리아 님께 복습을 받고 있기도 하고.

그리고 파티에 입을 드레스 준비.

드레스는 루이와 상의해서 이미 색과 디자인을 결정했다. 참고로 루이는 내 드레스와 같은 색의 타이를 착용할 모양이다.

그리고 림멜 공국에 대한 공부.

환영하는 입장에서 사전에 림멜 공국에 대한 지식을 머릿속에 집 어넣는 것은 당연한 일이다.

그래서 요즘 림멜 공국의 역사와 문화에 관한 책을 읽으며 배울 수 있을 만큼 배우는 중이다.

그리고 오렐리아 님과 루이에게 적당한 책을 추천받아서 조금씩 읽고 있다.

루이에게 시간이 나면 이 나라와 림멜 공국의 교류, 그리고 세계정 세를 둘러싼 각국의 상황에 대해 해설을 들었다.

"……아가씨. 실례합니다."

"어머, 안나, 무슨 일이지?"

"곧 샬리아 님과 약속하신 시간입니다."

"……어머, 벌써 시간이 그렇게 됐나. 고마워, 안나. 준비하고 나 가자."

안나의 도움을 받아 준비를 마친 후 텔로즈 백작가로 향했다.

내게 샬리아는 처음으로 사귄 같은 또래이자 같은 성별의 친구다.

내 지인들을 꼽자면 성별은 같아도 마담의 가게에서 일하는 언니 들이거나, 또는 같은 또래지만 최근 입대한 왕국군 병사들.

친구라기보다 전자는 가볍게 의논할 수 있는 언니, 후자는 아버님 의 훈련을 함께 헤쳐 온 동료라는 느낌이다.

그래서 이렇게 친구 집에 놀러 가는 것이 너무너무 기뻤다.

"어서 와, 메를리스!"

"초대해 줘서 고마워."

샬리아의 안내를 받아 도착한 곳은 그녀의 방이었다.

"아니야, 오히려 미안해. ……사실은 연극을 보러 갈 예정이었는데 부모님께 허락을 못 받아서…….'

"할 수 없지. 그 연극은 조금 늦은 시간에 끝나니까. 텔로즈 백작님이 걱정하시는 것도 무리는 아니야."

"너와 함께라면 아무 걱정 없는데. ……역시 옛날 사건 때문에 너무 지나치게 걱정하시는 것 같아."

"……백작님은 내 실력을 모르니까 나와 함께 있다고 불안이 사라지진 않겠지. 그리고 그런 사건이 있었으니 걱정되는 것도 무리는 아니잖아."

"그래도 그렇지……. 나 아직도 약혼자가 없어. 공식 행사 외의 파티는 전부 거절해 버리고 혼담이 들어와도 너한테는 아직 이르다, 걱정되니까 부모 곁에 있어 다오, 하면서 무조건 거절해 버리지 뭐야. 게다가 뭔가 하고 싶은 일이 생겨도 무조건 반대하셔. 소중하게 여겨 주는 것도 고맙고, 걱정 끼쳐서 죄송하긴 하지만…… 이것도 안 된다, 저것도 안 된다, 꼭 새장 속의 새 같아. 이대로 갇혀서 지내다가는 점점 약해지고 말 거야. 아무리 힘들고 괴로워도…… 나는 내 힘으로 하늘을 날아서 내가 갈 곳을 정하고 싶어."

그녀다운 말이로군. 나는 무심코 웃고 말았다.

『우릴 위해서 뒤집어쓴 오물을 어떻게 꺼릴 수 있겠어?』

그 두려운 상황 속에서 그렇게 말하며 의연하게 웃었던 그녀라면…… 확실히 아무리 괴롭고 힘들어도 그것이 스스로 선택한 길이라면 후회는 하지 않을 것이다.

그뿐인가, 오히려 달게 받아들여 그 경험을 밑거름으로 삼을 것이다.

……무력은 결코 강하지 않지만 마음이 강한 그녀라면.

오랫동안 알고 지낸 것은 아니지만 그런 생각이 들 만큼 그때 그녀의 말과 행동은 충격적이었다.

그리고 나는 이 강하고 굳은 신념을 지닌 사랑스러운 친구를 존경하고 있다.

"……메를리스, 왜 그래?"

"응?"

"웃고 있길래. 내가 무슨 이상한 말이라도 했어?"

"아니야. ……그냥 너다워서."

"어머나……."

쿡쿡. 샬리아도 웃음을 터뜨렸다.

"참, 샬리아. 이번 공식 행사에는 참석할 거니?"

"아, 응. 아무래도 국가에서 주최하는 파티라서 아버님도 불참한다고 대답할 수 없었나 봐. ……너도 참석할 거지? 드레스는 정했니?"

"응. 드레스는 이미 주문했어. 이번에는 일부러 구식 와토 플리트(로코코 시대의 와토 망토의 뒤 윗부분, 즉 뒷목 부분에서 웨이스트라인 정도까지 접혀진 폭넓은 박스 플리트로 바닥까지 직선적으로 늘어져 있다. 18세기 프랑스 화가 와토의 초상화에 자주 그려져 있어서 이런 이름이 붙었다)가 달린 드레스를 입을 거야. 그 대신 데콜테를 드러낼 거니까 피부를 잘 정돈해야겠지."

"어머나, 와토 플리트라니. 네가 그걸 선택한 걸 보면 뭔가 이유가 있겠지?"

"이번에 마음에 드는 원단을 구했거든. 그걸 전면에 내세우고 싶어서."

"후후후…… 네 드레스, 정말 기대된다. 다들 네가 어떤 드레스를 입을지 무척 궁금해 하던걸? 많은 분이 내게 물어보더라."

"어머…… 단단히 신경 써야겠네."

쿡쿡. 그녀와 나는 함께 웃음을 터뜨렸다.

"약혼 하니까 말인데, 혹시 신경 쓰이는 분이라도 있니?"

"왕세자 전하께서 아직 약혼녀를 정하지 않는 바람에 영애들 중에도 아직 약혼하지 않은 사람이 어느 정도 있거든. 덕분에 아직 약혼하지 않은 남자들도 꽤 되니까…… 뭐 그중 한 사람과 약혼하게 되겠지."

"그렇, 구나."

뜻밖의 냉정한 발언에 조금 놀랐지만 생각해 보면 귀족 자녀로서는 지극히 당연한 발언이다.

귀족의 결혼은 그 자체가 정치의 일환.

가문과 가문의 결속을 강화하고 가문을 번영시키기 위한 것.

그렇게 생각하면 앤더슨 후작가와 아르메리아 공작가의 결혼은 그야말로 최고의 결합이다.

뭐니 뭐니 해도 대대로 이 나라의 재상을 역임해 온 가장 권세 높은 귀족 아르메리아 공작가와 영웅이라 불리는 가주를 거느린 무가의 명문 앤더슨 후작가가 혈연관계를 맺는 것이다.

지금 생각해 보면 마치 소설 같은 이야기다.

나와 루이는 그런 가문의 결합을 위해 정략적으로 맺어진 관계가 아니다. 우연히 거리에서 만나 서로 끌려서 이루어진 것이다.

현실은 소설보다 더욱 소설 같다는 말은 정말 맞는 말이다.

"남을 걱정할 때가 아니지만 왕세자 전하께서 빨리 약혼녀를 정하셨으면 좋겠어. 지금 약혼자가 정해지지 않은 또래 여성들은 모두 전하의 약혼녀 자리를 노리는 거라고 생각하지 뭐야. 특히 남자들보다 여자들이 더 심해……. 이상한 라이벌 의식을 가져서 조금 피곤할 정도야."

그렇게 말하며 샬리아는 깊은 한숨을 쉬었다.

"아…… 그렇구나. 제일 심한 건 아마 마엘리아 후작가의 영애겠지?"

"응, 맞아. 엘리아 님. 약혼자가 정해지지 않은 여자에겐 굉장히 공격적이야. 남자들이나 다른 사람들은 눈치채지 못하도록 교묘하게 괴롭혀서 더 무서워."

"역시 나는 새도 떨어뜨린다는 마엘리아 후작가의 영애답네."

마엘리아 후작가……. 본래 유서 깊은 가문이기는 했지만 지금처럼 사교계에서 눈에 띄게 존재감을 드러내기 시작한 것은 바로 요 전 세대부터다.

마찬가지로 유서 깊은 가문과 친분을 쌓고 세력을 키운 결과, 이제 그 영향력은 아르메리아 공작가…… 그리고 왕족마저 무시할 수 없을 만큼 커지고 있다.

그 가문의 영애가 왕세자의 가장 유력한 약혼녀 후보로 꼽히는 것도 당연한 일이다.

그리고 후보 본인…… 마엘리아 후작가의 엘리아도 왕세자와의 결혼에 집착하는 눈치였다.

그 때문에 부녀가 여기저기 압력을 넣고 있다고 들었다.

약혼자가 없는 샬리아의 마음고생도 어느 정도 짐작이 간다…….

게다가…… 한순간 생각이 다른 방향으로 흐르려다 멈췄다.

모처럼 샬리아와 시간을 보내고 있는데 혼자 생각에 몰두하긴 아깝지 않은가.

"공식 파티니까 그럴 여유는 없을지도 모르지만 네가 좋은 상대를 만나기를 진심으로 기도할게. ……물론 너는 정말로 매력적인 여성이니까 걱정하지 않아도 곧 찾을 수 있겠지만."

내 말에 샬리아는 작게 웃었다.

"메를리스가 그렇게 말해 주니까 마음이 놓이네."

그리고 우리는 유행하는 과자와 드레스 얘기를 하며 즐거운 시간을 보냈다.

즐겁게 수다를 떨다 보니 어느덧 눈 깜짝할 사이에 시간이 흘렀다.

나는 적당한 시간에 친구와의 만남을 마치고 텔로즈 백작가를 뒤로했다.

그리고 마차를 타고 집으로 돌아가다가 도중에 내렸다.

나의 갑작스러운 행동에 함께 타고 있던 안나는 한순간 고개를 갸웃거렸지만 곧 내 뒤를 따라왔다.

머릿속을 정리할 때는 거리를 걸어 다니는 것이 딱 좋다.

회색 포석이 깔린 조금 넓은 길을 걸으며 나는 생각에 몰두했다.

아까 떠올렸다가…… 멈췄던 생각.

그것은 앞으로 더욱 심화될 귀족 간의 대립에 대한 생각이었다.

마엘리아 후작가가 점점 유서 깊은 가문의 지지를 모아 파벌을 확장하는 한편, 그에 대항하듯 혁신적인 사상을 지닌 가문이나 신흥 가문이 단결하기 시작하고 있다.

아직 표면화되지는 않았지만 내가 여기저기 얼굴을 내밀며 직접 피부로 느낀 것이다.

그런 현상은 당연히 귀족들의 혼인에도 영향을 미친다. ……뭐니 뭐니 해도 귀족들에게 결혼이란 정략이자 계약.

그렇기 때문에 어느 진영도 유일한 직계 왕족인 에드거 님에게 딸을 시집보내고 싶어서 안달이 날 수밖에 없다.

게다가 자식 세대도 부모 세대의 그런 모습을 보고 자신의 결혼 상대가 어떤 사람일지 신경을 곤두세우기 마련……. 확실히 약혼자가 정해지지 않은 샬리아는 여러모로 힘들 것이다.

……부모 세대의 가문 간의 알력싸움도 그렇지만 여자들의 싸움은 음습하고 집념이 강한 경우가 많으니까.

그와 동시에 로멜르 님의 노고가 머릿속에 그려졌다.

기껏 트와일 국과의 정전이 체결됐는데 이번에는 국내의 패권다툼이 시작됐으니 말이다.

아무리 괴로운 일도 그때가 지나면 쉽게 잊어버린다……. 외부에 적이 있을 때는 일치단결해서 싸우다가도 어째서 그 적이 사라지면 내부에서 다툼이 일어나는 걸까.

아버님은 나라를 지키기 위해 목숨을 걸고 싸웠다. 그 싸움이 아무 의미 없는 것이라고 생각하고 싶지는 않다.

생각하고 싶지 않기 때문에…… 화가 난다.

수많은 희생 위에 성립된 평화를 누리며 새로운 분쟁의 불씨를 만들어 내려는 무리가 존재한다는 사실이.

그리고 이런 상황에서는 아무리 정치에 주력하고 싶어도 결국 로멜르 님은 귀족들의 세력을 조정하는 데 체력을 할애해야 한다.

과연 로멜르 님은 얼마나 허탈할까.

"……힘이 되고 싶어."

무심코 흘러나온 혼잣말에 안나는 한순간 고개를 갸웃거렸다.

"아무것도 아니야. 그냥 혼잣말이야."

얼버무리듯 변명하며 주위의 풍경을 둘러보았다.

쏴아아. 기분 좋은 바람이 불어와 거리 양옆에 일정한 간격으로 늘어선 가로수를 흔들었다.

나는 한순간 걸음을 멈췄다. ……그리고 또다시 사색의 세계로 빠져들며 걷기 시작했다.

……이런 생각을 해 봤자 별수 없겠지만.

새삼 사교계가 나의 새로운 전장이라는 사실이 떠올랐다.

한 사람의 힘에는 한계가 있다.

홀로 전장에서 만 명의 적과 싸울 수 없는 것처럼 정치를 할 때도 반드시 누군가의 도움이 필요할 경우가 있다.

그렇다면 내가 할 수 있는 일은 로멜르 님…… 그리고 장래 그 뒤를 계승할 루이의 부담을 덜어 주기 위해 귀족 간의 대립을 조금이라도 억누르는 것.

그러기 위해서는 힘을 기르지 않으면 안 된다.

전에 습격당한 오라버니를 구하기 위해서 왕국군과 호위대 대원들이 아무 권한도 없는 나의 지시를 따랐을 때처럼……. 누군가를 움직이기 위해서는 그에 상응하는 설득력이 필요하다.

설득력……. 그것은 확고한 의지와 경험.

확고한 의지와 경험이 뒷받침해 주는 자는 말과 행동에 망설임이 없다.

즉 자신의 언동이나 방침에 자신감을 가지면 타인에게 더욱 묵직한 설득력을 줄 수 있다는 뜻이다.

……강해지고 싶다.

이매망량이 득실거리는 사교계에서 자신의 의사를 관철할 수 있을 만큼.

그렇게 다시 한번 결의를 다지는 동안 집에 도착했다.

† † †

그 후로 나는 사교계에서 확고한 지위를 다지기 위해 움직였다.

학원에 입학하기 전에 친분을 쌓았던 가문의 초대는 거의 받아들였고 직접 다과회를 열어서 친분을 돈독히 했다.

그리고 지금까지 왕래가 없었던 가문도 소개를 받아서 친분을 쌓았다.

그와 병행해서 빈 시간에는 오렐리아 님에게 화술을 중점으로 레슨을 받았다.

물론 틈틈이 아버님의 훈련에도 참가했다.

그렇게 충실한 시간을 보내는 동안 방학은 눈 깜짝할 사이에 끝났다.

"……결국 에이블 씨는 나타나지 않았네."

흔들리는 풍경을 바라보며 멍하니 중얼거렸다.

"그렇게 만나고 싶으셨나요?"

함께 마차에 타고 있던 안나가 내 혼잣말에 반응했다.

"응. ……조금 마음에 걸려서."

그 훈련에 참가했던 모두가 그의 본래 소속을 정확하게 알지 못한다는 점이 마음에 걸렸다.

단 한 사람…… 크로이츠 씨와 마찬가지로 아버님의 오른팔인 참모 벨리스 씨는 알고 있는 눈치였지만 물어보자 대답 대신 말꼬리를 흐렸다.

그래서 직접 왕국군을 찾아갔지만 에이블이라는 사람은 찾을 수 없었다.

과연 그의 정체는 뭘까…… 그런 의문이 내 머릿속 한구석을 차지하고 있었다.

"뭐…… 그만큼 그와 대련하기를 고대하기도 했고."

그와 대련할 때면 심장이 뛰었다.

어째서 숨기고 있는지는 모르지만 틀림없이 그 훈련에 참가한 자들 중에서도 가장 만만치 않은 상대.

그러니까 자신의 실력을 위해서…… 또 안나와 에널린을 위해서 꼭 훈련에 참가해 줬으면 했는데.

그런 생각을 하는 동안 눈 깜짝할 사이에 학원에 도착했다.

마차에서 내려 눈앞에 우뚝 솟은 학원을 바라보았다.

……고작 방학 동안 학원을 떠나 있었을 뿐인데 묘하게 그립다.

안나는 기숙사에 짐을 풀고 정리를 한 후 곧 다시 마차를 타고 집으로 돌아갔다.

나는 안나를 배웅한 후 예배당 반대편 정원에 놓인 벤치에 앉았다.

"아…… 메를리스 님. 오랜만입니다."

"어머…… 도르나 님. 오랜만이네요."

한동안 풍경을 즐기고 있을 때 학습동 쪽에서 도르나가 나타났다.

"파커스 님은 여전하십니까?"

생각지도 못한 질문에 나는 한순간 나도 모르게 어리둥절한 표정을 지었다.

"아, 네에…… 오라버니는 여전히 잘 지내고 계세요. 요즘은 영지 경영에 열중하고 계셔서 왕도에는 자주 발걸음을 하지 않지만."

"그렇군요……."

"……실례지만 오라버니와는 어떻게 아는 사이시죠?"

솔직히 도르나와 오라버니는 그다지 접점이 떠오르지 않는다.

굳이 타입을 따지자면 오라버니는 도르나처럼 전선에서 싸우는 우락부락한 무예파보다는 참모 벨리스 씨에 가깝다.

"……옛날 왕궁에서 왕국군 훈련에 참가했을 때 알게 됐습니다. 그때 한껏 치솟았던 제 콧대를 멋지게 꺾어 주셨죠."

"어머나……."

그동안 몰랐던 오라버니와 도르나의 에피소드에 무심코 웃고 말았다.

"정말 실례지만…… 놀라셨죠? 오라버니와 대련했을 때."

가끔 그런 사람이 있다. 오라버니의 실력을 오해하고 호전적이고 고압적인 태도로 싸움을 걸었다가 참패하는 사람이.

오라버니는 '저 가젤 장군'의 아들이면서도 무예파로 보이지 않는다. 그래서 왕국군이나 기사단을 동경하는 자들은 종종 오라버니를 얕잡아 보곤 한다.

……그러나 오라버니는 어엿한 앤더슨 후작가의 적장자.

어릴 때부터 아버님에게 훈련받은 오라버니가 약할 리 없지 않은가.

"네. 동시에 좋은 공부가 됐습니다. 제가 아주 좁은 세계에서 편협한 가치관을 갖고 있었다는 사실을 똑똑히 깨달았죠."

"어머나…… 그럼 그때 도르나 님과 만났더라면 지금의 도르나 님과는 전혀 달랐겠군요? 그때의 도르나 님도 만나 보고 싶네요."

"참아 주십시오. ……지금 돌이켜보면 당시 제 말과 행동은 부끄러운 구석이 많았습니다."

"후후…… 그럼 오라버니께 물어보죠."

"제가 졌습니다."

도르나는 항복하듯이 양손을 가볍게 들었다.

그 몸짓에 나는 또다시 웃었다.

"그런데 메를리스 님은 루이를 기다리시는 겁니까?"

"네, 물론이죠. ……그러는 도르나 님은 누굴 기다리시는 건가요?"

내 물음에 도르나는 서서히 얼굴을 붉혔다.

어머, 귀여워라……. 자연스레 웃음이 흘러나왔다.

이 정원은 기본적으로 남녀가 만나는 장소로 사용된다.

동성끼리는 기숙사 담화실을 사용할 수 있지만 이성끼리는 여기 밖에 만날 수 있는 장소가 없기 때문에 거의 약혼한 남녀가 만나는 장소로 사용되고 있는 것이다.

즉 내 질문은 바로 '여기서 약혼녀와 만나기로 했나요?' 라는 뜻이다.

그래서 도르나도 얼굴을 붉힌 것이다.

"아, 네에…… 뭐."

"어머나! 그럼 더 이상 붙잡으면 안 되겠네요. 어서 가 보세요."

"그렇게 하겠습니다. 그럼 이만."

도르나가 떠난 후 나는 또다시 벤치에 앉았다.

그로부터 얼마 후 이번에는 진짜 루이가 나타났다.

"미안, 기다렸지."

"괜찮아. 아까까지 도르나 님과 함께 있었어."

"도르나가? 아, 약혼녀를 만나러 왔나 보군."

"응, 그런 것 같아."

옆에 앉은 루이의 뺨에 손을 얹고 살며시 그의 얼굴을 들여다보았다.

방학 동안 나도 그도 일정이 꽉 차서 좀처럼 만날 수가 없었다.

겨우 한두 번, 림멜 공국 환영 파티에 입고 갈 옷을 정하고 정세에 따라 어떤 점을 유의해서 행동해야 할지 만나서 의논한 게 고작이다.

그래서 사실 그와 만나는 건 꽤 오랜만이었다.

"역시…… 또 눈 밑에 다크서클이 생겼어."

"응, 알아."

루이는 쓴웃음을 지으며 살며시 내 손에 자신의 손을 겹쳤다.

"왜, 왜 그래?"

"응? 기운을 얻는 중이야."

"그, 그렇지만…… 이런 곳에서……."

한순간 당황했지만 나는 곧 뒷말을 삼켰다. ……그만큼 피곤해서 그런 거겠지.

무리도 아니다. ……얼마 후 림멜 공국의 고위 귀족들이 이 나라를 방문한다. 그 스케줄 조정과 연회 진행을 도맡은 그는 그야말로 신경이 잔뜩 곤두서 있을 것이다.

"무리하는 건 어쩔 수 없지. 그만큼 너에게 맡겨진 책무가 무거우니까. 하지만 건강만은 잘 챙기도록 해. ……아, 내가 너 대신 피곤해 줄 수 있으면 좋을 텐데. ……나는 체력 하나는 좋으니까."

루이는 내 말에 쿡쿡 웃었다.

"너는 정말 내겐 과분한 약혼녀야."

그 말의 의미를 이해할 수 없어서 나는 고개를 갸웃거렸다.

"나는 너한테 도움만 받고 있다는 뜻이야. 지금 그 말만으로도 다시 힘내서 일할 수 있을 것 같아."

그 말이 너무 기뻐서 얼굴이 발갛게 달아올랐다.

"메를리스 님, 이번 휴일은 우리 다과회에 참석해 주시겠어요?"

"안 돼요, 그러지 말고 제가 여는 다과회에 와 주세요."

수업이 끝난 후 담화실을 찾아가자 곧 많은 여학생이 나를 둘러쌌다.

방학 동안 여러 가문과 친분을 맺고자 의욕적으로 활동한 덕분일까, 아니면 그 전부터 학원에서 착실하게 활동했던 것이 결실을 맺은 걸까…… 요즘 이런 권유가 전보다 더 늘어난 것 같다.

같은 또래와 친분을 다지는 것은 중요한 일인 만큼 정말로 고마운 제안이다.

나는 저마다 무난하게 대답한 후 혼자 자리에 앉았다.

"메를리스 님, 안녕하세요. 여기 앉아도 될까요?"

"어머나…… 플라르 님. 안녕하세요. 물론이죠."

드랑바르도 백작의 자제인 댄 님의 약혼녀인 플라르 님이 내게 인사를 건넸다. 나는 그녀에게 맞은편 자리를 권했다.

"그러고 보니 메를리스 님. 지난번 카르디나 백작가의 다과회에 아주 아름다운 루비 목걸이를 걸고 오셨다지요. 대체 어디서 구하셨는지 다들 무척 궁금해 하던걸요?"

"어머…… 그래요? 다들 인상 깊게 봐 주셨다니 정말 기뻐요."

"물론 저도 그중 한 사람이랍니다. 혹시 실례가 안 된다면 어느 분이 만들었는지 가르쳐 줄래요?"

"후후후……. 플라르 님까지 마음에 들어 하실 줄이야. 물론 제작자에게도 명예로운 일이니 대답해 드리죠. 단 플라르 님, 제작자는 림멜 공국 분들의 내방이 끝난 후에 가르쳐 드릴게요. ……아무래도 제가 너무 대량으로 주문하는 바람에 몹시 바쁜 모양이니까요. 그 대신 공식 행사가 끝나면 플라르 님께 제일 먼저 알려 드릴게요."

"그렇다면 할 수 없죠. 그 대신 꼭 제일 먼저 알려 줘야 해요. 메를리스 님이 공식 행사에서 착용하면 틀림없이 더 엄청난 문의가 쇄도할 테니까요."

"어머나…… 그런가요?"

"네, 저는 확신해요. ……실제로 메를리스 님이 착용한 보석이나 의상을 취급하는 가게는 엄청난 성황인걸요. 메를리스 님은 유명한 가게의 제품뿐만 아니라 새로운 가게나 디자이너를 발굴하는 안목도 탁월하니까요. 이제는 다들 메를리스 님이 어떤 옷과 장신구를 착용할지 엄청난 관심을 갖고 있답니다."

"과분한 칭찬에 몸 둘 바를 모르겠네요. 그렇지만…… 약속해요. 플라르 님께 제일 먼저 소개해 드릴게요."

"후후후…… 기대되네요."

그 후로 한동안 둘이서 즐거운 대화를 나누고 있을 때 갑자기 주위가 한순간 조용해졌다.

"안녕하세요, 메를리스 님."

"엘리아 님, 오랜만이네요."

소문의 주인공 마엘리아 후작가의 영애 엘리아가 눈앞에 나타났다.

그녀 뒤에는 그녀의 추종자라는 표현이 딱 들어맞을 듯한 친구 몇 명이 나란히 서 있었다.

"저어, 실례지만 이분은 누구죠?"

말투는 정중했지만 플라르 님을 향한 시선은 결코 우호적이지 않았다.

그 시선에 조금 짜증이 났지만 겉으로 드러내지 않고 일부러 생긋 미소를 지었다.

"플라르 님이랍니다. 아둘람 남작가의 영애시죠."

"아…… 그렇군요."

먼저 물어본 것치고는 시큰둥한 반응이었다.

보통 소개를 받으면 인사를 하거나 대화를 나누는 것이 예의인데.

마치 플라르 님을 무시하는 것 같은 태도다.

"참, 플라르 님은 드랑바르도 백작가의 영식 댄 님과 약혼한 사이랍니다."

"어머! 그래요! 정말 부럽군요."

시험 삼아 말하자 갑자기 태도가 돌변했다.

……정말 알기 쉬운 사람이군.

"그러고 보니 메를리스 님. 약혼자 하니까 말인데 이번에 왕궁에서 주최하는 파티에는 루이 님과 함께 참석하실 건가요?"

"네, 물론 그럴 생각이에요."

"어머, 부러워라. 전 아직 약혼자가 없어서…… 가족들과 함께 참석하기로 했어요. 어디 좋은 분 안 계실까요?"

……속이 뻔히 들여다보이는 그 말에 나도 모르게 웃음이 터져 나올 뻔했지만 꾹 참았다.

아무래도 그녀…… 혹은 마엘리아 후작가는 나를 꽤 높이 평가하고 있는 모양이다.

내가 사교계에 제법 발언력을 갖고 있다고 말이다.

방금 그녀가 한 말은 나더러 '엘리아 님은 에드거 님의 약혼녀가 되기에 부족함이 없는 여성이다.' 라고 널리 퍼뜨려 달라는 뜻이다.

그러면 다른 강력한 가문을 견제할 수 있을 테니까.

"어머나…… 제가 도와드리지 않아도 엘리아 님이라면 곧 좋은 분과 약혼하실 수 있을 거예요."

물론 나는 이 문제에 관여하지 않기로 결심했기 때문에 웃으며 대답했다.

"유감이군요."

엘리아 님도 더 이상 끈질기게 굴지 않고 그 자리를 떠났다.

나는 플라르 님에게 대화를 중단해서 미안하다고 사과한 후 또다시 유행하는 의상과 장신구에 대해 즐거운 대화를 나눴다.

† † †

드디어 림멜 공국의 공작들이 타스멜리아 왕국을 방문하는 날이 왔다.

나라 전체가 환영의 분위로 들끓는 가운데, 왕궁 안은 그야말로 극도의 긴장감에 감싸여 있었다.

귀족 자녀들이 모여 있는 이 학원도 이 기간만큼은 특별히 휴일로 지정됐다.

나는 마담 크레줄이 만든 드레스로 몸을 감싸고 루이와 함께 연회장으로 향했다.

하얀 천으로 만든 베어 톱(상체에 꼭 맞고 어깨끈이 없는, 어깨와 등이 노출된 짧은 윗옷)드레스에 와토 플리트가 달린 얇은 노란색 상의.

상의는 섬세한 자수와 보석으로 장식되어 있고 또 상의와 드레스 양쪽에 지금껏 본 적이 없을 만큼 정교한 레이스가 달려 있는 것이

특징.

치마는 입고 벗기 편하도록 천으로 만든 페티코트와 쿠션을 넣어서 부풀렸다.

가슴에는 복잡하게 짠 금속 레이스에 진주를 단 초커.

그리고 역시 진주 귀걸이에 몇 겹으로 감은 진주 팔찌.

이 액세서리는 전부 루이가 선물한 것이다.

드레스와 같은 색상의 엷은 노란색 타이를 맨 루이의 에스코트를 받으며 성 안에서 가장 넓은 홀에 도착했다.

작위가 낮은 자부터 순서대로 입장하기 때문에 나와 루이가 들어서자 홀에는 이미 참석자들이 거의 모두 모여 있었다.

루이는 아직 정식으로 작위를 계승하지는 않았지만 이미 로멜르 님이 그에게 차기 공작위를 물려주겠노라 결정했기 때문에 지금 입장해도 별문제는 없다.

천장에 매달린 호화로운 샹들리에, 그 불빛을 반사하는 반들반들한 나무 바닥.

일정한 간격으로 늘어선 대리석 기둥.

아름다움을 경쟁하듯 화려한 드레스를 차려입은 귀부인들과 부드러운 미소를 지으며 평소보다 다가가기 어려운 분위기를 풍기는 신사들.

몇 번을 봐도 압권이라고 할 수 있는 광경이다.

문득 음악이 멈췄다.

"여왕 폐하와 에드거 왕자님 드십니다."

한 남자의 말에 모두가 머리를 조아렸다.

이윽고 홀 안쪽, 한 단 높은 곳에 아이리야 님과 에드거 님이 나타났다.

두 사람이 의자에 앉을 때까지 기다린 후 모두가 고개를 들었다.

조금 전 아이리야 님과 에드거 님의 입장을 알린 남자에게 또다시 사람들의 시선이 집중됐다.

"림멜 공국에서 오신 체스터 크로우 공작 각하 드십니다."

남자의 외침에 모두가 박수로 그를 맞이했다.

안으로 들어온 것은 전체적으로 늘씬한 체격의 남자 한 명.

"역시 림멜 공국에서 오신 데니스 바스칼 공작 각하와 콜린 바스칼 님 드십니다."

다부진 체격의, 하지만 잘 단련되었다기보다는 뼈대가 굵어 보이는 남성이었다.

옆에 서 있는 아들도 아버지인 데니스를 꼭 닮은 인물이었다.

"브루노 필링 공작 각하와 부인 켈리 필링 님 드십니다."

안경을 쓴 이지적인 남성과 온화한 분위기의 여성이 나타났다.

"커티스 슬리거 공작 각하와 마일스 슬리거 님 드십니다."

……슬리거 공작가의 아들은 분명 두 명이라고 들었다. 마일스는 차남이다.

장남 코디스는 오지 않은 걸까……. 전에 루이에게 얘기를 들었을 때는 슬리거 공작가 사람들을 모두 만나 보고 싶다고 생각했는데.

물끄러미 슬리거 공작을 관찰했다.

칠흑 같은 머리카락 사이로 엿보이는 눈동자는 등줄기가 얼어붙을 만큼 날카로운 빛을 품고 있었다.

"모리스 그린들 공작 각하와 리넷 그린들 님 드십니다."

마지막으로 입장한 것은 옷 위로도 알 수 있을 만큼 근육질의 남자였다.

몸매뿐 아니라 빈틈없는 몸놀림만 봐도 싸우면 강할 거라고 짐작할 수 있었다.

그런 모리스 옆에 있기 때문일까, 리넷 님은 가냘픈 몸매가 더욱 강조되어서 마치 건드리면 부러질 것 같았다.

다섯 명의 공작들은 순서대로 아이리야 님과 에드거 님과 악수를 나누거나 인사를 했다.

그 모습을 바라보며 루이는 한순간 가볍게 한숨을 내쉬었다.

아마도 안심이 되는 모양이다. ……무사히 지금 이 광경에 도달한 것이.

이윽고 음악이 흐르기 시작했다. 차례차례 남녀가 짝을 이뤄 중앙에서 춤을 추기 시작했다.

나도 루이와 함께 중심으로 이동해서 춤을 추기 시작했다.

“……정말 많이 늘었구나.”

귓가에서 속삭이는 그 말에 저도 모르게 미소를 지었다.

“기뻐, 루이.”

이윽고 한 곡이 끝난 후 루이와 헤어졌다.

“한 곡 춰 주시겠습니까?”

콜린 바스칼이 내게 손을 내밀었다.

“영광입니다, 콜린 님.”

나는 그 손을 잡고 또다시 춤을 추기 시작했다.

“타스멜리아 왕국에는 아름다운 분이 많군요. ……그중에서도 당신은 특히 아름답습니다. 이 나라를 방문하길 잘했군요.”

“어머나, 말솜씨가 좋으시군요. 꽃의 아름다움은 나라마다 다르지만 콜린 님은 우리 나라의 꽃도 마음에 드시나 보네요.”

나를 가리키는 말은 흘려 넘기고 일단 타스멜리아 왕국의 여성들을 칭찬해 준 것에 예를 표했다.

그의 시선에서는 숨기려고 애써도 숨길 수 없는 욕망 같은 것이 느껴졌다. 소름이 끼쳤다.

빨리 끝났으면……. 그렇게 생각하면서도 물론 웃음을 잃지 않았다.

오로지 참고 또 참다가 겨우 곡이 끝난 후 다음 상대와 춤을 췄다.

다음은 마일스 슬리거 님이다.

마일스 님은 별 흥미가 없는 듯이 춤을 췄다. 나와 춤을 춘 것도 그저 최소한의 예의를 지키기 위해서라는 게 뻔히 보였다.

그편이 콜린 님보다는 그나마 낫지만.

나는 문득 에드거 님을 바라보았다.

좀 전에 봤을 때는 엘리아 님에게 붙잡혀서, 그리고 이번에는 샬리아와 춤을 추고 있었다.

……뭐? 샬리아?!

놀라움을 감출 수 없었다. 나는 마일스 님에게 실례가 되지 않도록 조심하면서도 자꾸만 샬리아를 뚫어지게 쳐다보았다.

에드거 님은 대체 왜 샬리아에게 춤을 신청한 걸까.

이 공식적인 자리에서, 그것도 정치적인 연결점이 없는 샬리아에게.

샬리아도 조금 당혹스러운 얼굴이었다. 그리고 그 너머에서는 엘리아 님이 나조차 공포를 느낄 만큼 날카로운 눈빛으로 두 사람을 노려보고 있었다.

마일스 님과 춤을 마친 후 나는 일단 그 자리를 떠났다.

그리고 루이와 합류해서 여기저기 돌아다니며 인사를 나눴다.

먼저 모리스 그린들 공작.

"안녕하세요, 그린들 공작님. 오늘 즐거운 시간을 보내고 계십니까?"

이미 루이는 그린들 공작이 왕도에 도착했을 때 인사를 나눴기 때문에 그대로 말을 건넸다. 모리스 님은 산뜻한 미소를 지으며 루이의 인사에 대답했다.

"오오, 루이 님. 그야 물론이지요. 아주 즐거운 시간을 보내고 있습니다."

"그렇게 말씀해 주시니 다행입니다."

"그런데 그쪽 여성분은?"

모리스 님은 온화한 웃는 얼굴로 나를 바라보았다.

"소개드리지요. 제 약혼녀 메를리스 레제 앤더슨입니다."

"메를리스 레제 앤더슨이라고 합니다. 오늘 모리스 님과 부인 리넷 님을 만나서 영광입니다."

"저야말로 만나서 영광입니다. 과연 그 유명한 가젤 장군의 따님. 정말 아름답군요."

"어머나, 이이도 참. …하지만 정말이에요. 마치 인형 같군요."

"칭찬해 주셔서 영광입니다."

두 사람의 찬사에 나는 또다시 머리를 숙였다.

"응? 아, 그런 거였나…….."

순간 모리스 님은 리넷 님의 말에 고개를 갸웃거리다가 곧 납득한 듯이 고개를 끄덕였다.

"아니, 용모도 그렇지만…… 메를리스 님의 움직임이 아주 아름답다고 생각했거든."

내심 식은땀이 났다.

모리스 님은 림멜 공국에서도 무예를 사랑하기로 유명하다.

그럼 혹시 내 움직임을 보고 알아차린 걸까…….

내가 무술을 배웠다는 것을.

"아! 그런 뜻이었나요. 하긴 메를리스 님의 움직임은 정말 세련됐지요. ……남편이 여성의 용모에 대해 말하는 건 굉장히 드문 일이랍니다. 물론 그래도 고개가 끄덕여질 만큼 메를리스 님은 너무나 아름다운 분이지만."

리넷 님의 말에 나는 내심 가슴을 쓸어내리며 또다시 입을 열었다.

"칭찬해 주셔서 감사합니다. 하지만…… 아버님 덕분이라기보다는 루이 님의 어머님이신 오렐리아 님의 교육 덕분이랍니다."

"호오…… 오렐리아 님 말입니까."

조금 석연치 않은 눈치였지만 모리스 님은 더 이상 아무 말도 하지 않았다.

……요즘은 무술을 배운 자다운 움직임보다는 오렐리아 님의 가르침대로 움직이도록 평소 늘 신경을 쓰고 있으니까 내 역량을 정확히 간파한 게 아니기를 기도해야지.

"리넷 님, 만약 실례가 되지 않는다면 모레 느긋하게 대화를 나누지 않으시겠어요? 모리스 님은 루이 님과 약속이 있다고 하시던데……."

"어머, 그거 좋네요! 남자들끼리 어려운 이야기를 나누는 동안 우리는 여자들끼리 남자들 눈을 피해서 편하게 이야기를 나눠요. 내가 묵는 곳에 꼭 놀러 와요. 나중에 초대장을 보낼게요."

"고맙습니다. ……벌써부터 무척 기대되네요."

우리가 그런 대화를 주고받는 동안 모리스 님과 루이는 둘이서 따로 대화를 나눴다.

장소가 장소인 만큼 심각한 얘기를 나누는 것 같지는 않았다.

그후 우리는 그린들 공작 부부에게 인사를 한 후 그 자리를 떠났다.

다음으로 만나러 간 인물은 커티스 슬리거 공작.

덧붙여 말하자면 인사를 하러 가는 순서는 루이와 사전에 의논한 것이다.

로멜르 님과 오렐리아 님은 먼저 슬리거 공작과 이야기를 나눈 후 그린들 공작에게 인사를 하러 가는 순서였기 때문에 우리는 반대로 그린들 공작 부부에게 먼저 인사를 한 것이다.

"아…… 자네는 아르메리아 공작의 자제 루이 공 아닌가."

가까이 다가가자 루이를 발견한 커티스 님이 인사를 건넸다.

루이는 이 파티가 열리기 전, 그들이 타스멜리아 왕국에 도착했을 때 인사를 나눴기 때문에 이미 모두와 안면이 있었다.

"네. 루이 드 아르메리아입니다. 이쪽은 약혼녀 메를리스 레제 앤더슨입니다."

"처음 뵙겠습니다. 만나서 영광입니다."

"……앤더슨? 설마 그대 아버님은……."

날카로운 시선이 나를 향했다.

"네. 각하의 짐작대로 저의 아버님은 가젤 장군이십니다."

"호오, 그렇군요……. 설마 그 유명한 가젤 장군의 따님이 이토록 아름다운 여성일 줄이야……. 그만 무례를 저질렀군요. 부디 용서하시기를."

"별말씀을요. 저는 어머님을 닮아서 아버님과는 별로 닮지 않은 편이랍니다. 놀라시는 것도 무리는 아니죠."

"그렇게 말씀해 주시니 다행이군요. 그리고 보니 아들은 이 자리에 없지만…… 아까 춤을 추셨지요?"

"네. 마일스 님과는 조금 전 춤을 출 때 인사를 나눴답니다."

아무래도 커티스 님은 우리 아버지가 가젤이라는 사실에 흥미를 느낀 모양이다.

……조금 전까지 커티스 님에게 말을 걸었던 사람들은 커티스 님의 반응이 신통치 않아서 두세 마디 만에 대화가 끝난 것 같지만…… 어째서인지 우리와는 꽤 오랫동안 대화를 나눴다.

"림멜 공국에서 타스멜리아 왕국까지 오는 길은 어떠셨나요?"

"나름대로 쾌적했습니다. ……뭐 영애께서 림멜 공국에 와서 직접 체험해 보시지요. 물론 무사히 조약이 체결된 후에 말입니다만. 그리고 그때는 꼭 우리 영지에 들러 주십시오."

"어머나, 정말 고맙습니다."

생각지도 못한 제안에 한순간 어리둥절했지만 나는 곧 미소를 지었다.

그렇게 화기애애한 대화를 나눈 후 슬리거 공작과 헤어졌다.

그 후 필링 공작, 바스칼 공작, 그리고 크로우 공작 순서로 차례차례 인사를 나눴다.

모든 사람에게 인사를 마친 후, 나는 잠시 홀을 떠나 화장을 고치기 위해 대기실로 향했다.

화장을 고치고 나서 잠시 밤바람을 쐬러 발코니로 나갔다.

사람들이 밀집된 실내에 있다 보니 후끈하게 달아오른 몸을 싸늘한 밤바람이 상쾌하게 식혀 줬다.

문득 정원에서 묘한 기척이 느껴졌다.

……당연하지만 오늘 왕궁에는 철통같은 경비가 깔려 있다.

기본적인 경비 배치는 루이에게 들어서 알고 있고, 왕궁의 고용인들도 정해진 장소 외에는 출입이 엄중하게 금지되어 있다.

그런데 어째서…….

왠지 마음에 걸렸다. 나는 즉각 방을 나와서 정원으로 향했다.

도중에 적당히 비어 있는 방에 들어가서 스커트를 부풀리려고 넣은, 천을 동그랗게 말아서 만든 쿠션을 꺼내고 페티코트와 상의를 벗었다.

다음에는 쿠션의 솔기를 잘랐다.

이윽고 쿠션은 한가운데 머리가 들어갈 만한 구멍이 뚫린 한 장의 커다란 검은 천으로 변신했다. 나는 그 천을 푹 뒤집어쓴 뒤 쿠션을 몸에 묶기 위해 달아놓은 끈을 검은 천 위에 묶었다.

다음에는 마침 방에 있던 테이블크로스를 실례해서 머리부터 뒤집어썼다.

그리고 구두를 벗어서 방구석에 숨긴 후 대신 소파에 걸려 있는 천으로 발을 감쌌다.

마지막으로 다리에 차고 있던 단검을 손에 쥐었다.

완전히 움직이기 편해진 차림으로 나는 어둠에 녹아들듯 기척을 지우고 달려서 문제의 장소에 도착했다.

"……어떻게 되어 가고 있지?"

"잘되어 가고 있습니다. 1부터 5지점까지 계획대로 배치 완료. 순조롭습니다."

……왕국군 옷을 입고 있지만 얼굴도 낯설고 경비가 배치될 리 없는 곳에 있는 그들.

게다가 대화도 수상하다.

하지만 오해라면 곤란하니까 한 사람을 기절시킨 다음 나머지 한 사람에게 물어봐야지.

늘 사용하는 검과 리치가 달라서 사용하기 불편했지만 지금은 그런 배부른 소리를 할 때가 아니다.

각오를 하고 기척을 죽인 채 다가가서 칼자루로 둘 중 한 사람의 배를 후려쳐서 기절시켰다.

그리고 다른 사람이 놀라는 동안 뒤로 돌아가서 목에 칼을 겨눴다.

"움직이면 벤다. 수상하게 움직여도 벤다."

마치 내 목소리가 아닌 듯한 낮은 목소리가 흘러나왔다.

"……넌 누구냐?"

그렇게 묻자 남자는 움찔 떨었다.

"너야말로 대체 누구냐?!"

"큰 소리로 말하지 마. 시끄럽다."

목에 살짝 검을 들이댔다.

주륵. 붉은 핏줄기가 목에서 흘러내렸다.

"너는 누구냐? 설마 왕국군은 아니겠지? 여긴 경비가 배치되지 않은 곳일 텐데."

"대체 무슨 근거로. 나는 왕국군 제1사단 소속이다. 어제 크로이츠 님께 이곳을 지키라는 명령을 받고……."

"……그래. 고맙다."

나는 망설임 없이 남자를 베었다.

내가 크로이츠 씨에게 경비 배치를 들은 것은 바로 오늘.

크로이츠 씨가 아버님에게 경비를 최종 확인하러 왔을 때, 나는 아버님의 허락을 받고 멜의 모습으로 그 내용을 알아냈다.

즉 어제 그 지시대로라면 이자들이 여기 있을 리 없다.

애초에 왕국군 병사들은 결코 왕궁 안에서 경호를 하지 않는다.

왕궁을 경호하는 것은 기사들의 역할이기 때문이다.

기사들의 경비 배치도 정보를 공유하는 관점에서 크로이츠 씨가 아버님께 보고하러 왔을 때 모두 들었다.

게다가 제1사단은……. 아버님이 사단장을 맡고 있는 제1사단 중에 내가 모르는 사람은 아무도 없다.

제1사단 단원들은 앤더슨 후작가의 훈련에 교대로 참가하기 때문이다.

멜로 행세하며 함께 훈련을 받아 온 내가 제1사단에 소속된 자들 중에 모르는 사람이 있을 리 없다.

그만큼 긴 시간 동안 함께 훈련했다는 뜻이기도 하다.

남자가 쓰러지며 비명을 지르기 직전, 재빨리 손으로 입을 틀어막았다.

"안됐지만 나 역시 제1사단 소속이다. ……그래서? 너희의 목적은?"

"누가 말할 줄 알고……."

"그래, 유감이군……. 그 허세가 언제까지 계속될지 시험해 볼까?"

어떻게 하면 털어놓을까……. 머릿속 한구석으로 고민하며 쓰러진 남자에게 검을 겨눴다.

아쉽게도 고문은 내 전문이 아니다.

어떤 공포를 줘서 질문에 대답하게 만들까…… 아니, 강렬한 공포를 준 다음 안심시키는 편이 털어놓기 쉬울까.

다음 말을 찾으며 시선을 맞추듯 쪼그려 앉아서 남자를 노려보았다.

아까도 그랬지만 남자는 그것만으로도 움찔 떨었다.

나를 올려다보는 얼굴에 뚜렷한 공포가 새겨져 있었다.

……내가 무슨 무서워할 만한 짓이라도 했나?

나는 의아해하면서도 마침 잘됐다고 생각하며 입을 열었다.

"……그래서? 목적은?"

남자는 망설이는 눈치였다.

……여기서 목숨은 보장해 주겠다고 하면 안심할까.

하지만 나는 거짓말은 하고 싶지 않다.

살려 줄 생각은 처음부터 없었으니까.

"다시 한번 묻겠다. ……목적은?"

남자는 굳게 입을 다물었다.

적이지만 훌륭하다.

……역시 내게 정보 수집은 적합하지 않은 것 같다.

막 남자를 죽였을 때, 마침 먼저 쓰러진 남자가 정신을 차렸는지 어렴풋이 반응을 보였다.

잠자코 동태를 살피자 남자는 눈을 뜨자마자 즉각 상황을 파악했는지 쓰러진 채 비명을 지르려고 했다.

아까와 마찬가지로 손을 뻗어 입을 틀어막았다.

"당신은 목적을 얘기해 주겠어?"

그 물음에 남자는 몇 번이나 고개를 끄덕였다.

"표적은?"

"리…… 림멜 공국에서 온 자들."

예상은 했지만 분노로 머리가 싸늘해졌다.

로멜르 님과 루이가 온 힘을 다해 이 자리를 마련했는데 그걸 방해하려는 자가 나타나다니…… 너무나도 불쾌하다.

"호오…… 여기 있는 너희가 전부냐?"

"그, 그래……."

"……그럼 너희를 고용한 자는 누구지?"

"모, 모른다……."

내가 침묵을 지키자 남자는 허둥지둥 입을 열었다.

"저, 정말이야!"

"……그럼 네 동료는 몇 명이지?"

"30명……."

많군. 내심 탄식했다.

이건 분명 누군가 이 파티에 참석한 자…… 그리고 나라 안에서도 어느 정도 지위가 높은 사람이 관련되어 있을 가능성이 높다.

그 생각에 정신이 팔린 탓일까, 눈앞의 남자가 검을 들고 덮쳐왔다.

너무 방심했군. 나는 반성하며 즉시 남자를 베어 버렸다.

깊이 심호흡을 하며 마음을 가라앉히고 쓰러진 두 사람을 바라보았다.

……용서 못 해.

이 파티는 림멜 공국과 타스멜리아 왕국의 결속을 강화하는 첫걸음.

그것이 평화로 이어진다고 믿고 행동한 로멜르 님을 모욕하는 것이나 다름없다.

이런 짓을 계획한 자에게 어떤 의도가 있다 해도…… 설령 그것이 나라를 위해서 저지른 짓이라 해도, 이런 식으로 무력에 호소한다면 평화적인 해결은 불가능하다.

이미 싸움은 시작된 것이다 다름없으니까.

……기껏 마음을 가라앉혔는데 남자들을 보고 있자니 또다시 분노가 치밀었다.

그 분노에 몸을 맡긴 채 나는 또다시 움직이기 시작했다.

흠, 어디에 숨어 있을까…….

최대한 참석한 자들이 모여 있는 곳과 멀리 떨어진 곳부터 적이 잠복해 있을 만한 곳을 이 잡듯이 뒤졌다.

그리고 또다시 경비 배치상 아무도 없어야 할 곳에서 왕국군 옷을 입은 남자 셋을 발견했었다.

……이자들은 진짜 왕국군 병사들일까, 아니면…….

또다시 기척을 죽이고 다가갔다.

그리고 뒤에서 칼자루로 있는 힘껏 관자놀이를 때렸다.

……다음 남자는 품으로 파고들어서 역시 칼자루로 후려갈겼다.

마지막 한 사람을 기절시키려고 몸을 돌리려던 순간, 다른 기척이 그 남자를 쓰러뜨렸다.

그 기척의 주인은 그대로 나를 공격하려 했다.

나는 재빨리 검을 고쳐 쥐고 돌아서서 반사적으로 응전했다.

강하다……!

그 일격만으로도 상대의 역량을 파악할 수 있었다. 나는 무심코 얼굴을 찡그렸다.

평소 훈련이라면 강한 상대는 대환영이지만…… 이 상황에서는 상대가 강하면 골치 아프다.

하지만 다음 순간, 나는 어리둥절한 표정을 지었다.

……상대의 얼굴을 봤기 때문이다.

"설마 당신은…… 에이…….."

상대는 허둥지둥 내 말을 가로막듯이 자신의 입가에 검지를 세웠다.

아무래도 내 목소리를 듣고 그도 테이블클로스로 가린 이 얼굴이 낯익은 얼굴이라는 사실을 깨달은 모양이다.

"당신이 왜 여기 있는 겁니까? 멜 씨!"

그 사람…… 에이블 씨는 작은 목소리로 외치는 절묘한 기술을 선

보였다.

"왜냐니, 그건…… 제가 묻고 싶은 말인걸요. 일단 묻겠는데 내근 담당이라면서요? 당신이 아무리 실력이 뛰어나도 내근 담당에게 오늘 경비를 맡기는 건 있을 수 없는 일이죠. 애초에 관할도 다르고. 게다가 그 옷차림…… 대체 뭐죠?"

그가 입고 있는 옷은 왕국군 제복이 아니었다.

검은 옷. 어찌 보면 이 가짜 왕국군보다 수상한 인물로 보인다.

설마 에이블 씨는…….

내가 그의 정체를 의심하고 있다는 사실을 눈치챈 걸까.

에이블 씨는 깊게 숨을 내쉬었다.

"……믿기 어려울지도 모르지만 사정은 나중에 말씀드리죠. 저도 림멜 공국 분들이 타스멜리아 왕국에서 습격당하면 매우 곤란하니까 일단 지금은 물러가 주시겠습니까?"

평소 같으면 통 이런 수상하기 짝이 없는 남자의 부탁은 들어주지 않을 것이다.

하지만 아까 에이블 씨가 놈들의 동료를 한 명 처리한 것도 사실이다.

나와 이해가 일치한다…… 라고 볼 수 있다.

……하지만.

"싫어요."

나는 그의 제안을 물리쳤다.

그 순간…… 그의 눈빛이 날카로워졌다.

검을 부딪혔을 때부터 생각했지만 지금 그는 평소 앤더슨 후작가에서 보여 줬던 온화한 모습에서는 상상조차 할 수 없을 만큼 날카롭고 사나운 분위기를 풍겼다.

아니…… 그 편린은 나와 모의전을 할 때도 보였지만.

이렇게까지 분위기가 바뀌니까 아예 다른 사람 같다고 생각하며 그게 왠지 즐거워서 웃었다.

하지만 그 고양감은 한순간에 싸늘하게 식었다.

그 이상으로 다른 감정이 내 마음을 차지하고 있었기 때문이다.

"……이봐요. 내가 정말 물러날 것 같아?"

에이블 씨의 얼굴이 살짝 굳었다.

"난 화났어요. 이 파티를 엉망으로 만들려는 이자들에게. 이자들의 존재를 알게 된 이상 물러날 수 없어요."

에이블 씨는 내 시선을 고스란히 받으며 오히려 나를 노려보았다.

물론 나는 시선을 피하지 않았다.

그렇게 우리는 말없이 서로를 노려보았다.

……이윽고 먼저 꺾인 것은 그였다.

깊은 한숨을 쉬며 그는 난처한 듯이 웃었다.

"……안타깝게도 당신을 설득할 방법이 없군요. 섣불리 움직이는 것보다는 협력하는 게 낫겠죠."

"네. ……나도 단시간에 이 넓은 왕궁 안에 잠입한 놈들을 처리하긴 어렵다고 생각했는데 마침 잘됐네요. 당신의 경위와, 림멜 공국이 습격당하면 당신이 곤란해지는 이유가 뭔지는 나중에 듣도록 하죠. ……지금은 이해가 일치하니까 믿지만 당신이 수상하다는 사실은 변함이 없어요. 만약 이 문제가 해결된 후 당신이 아무것도 설명해 주지 않는다면 나는 당신을 이 일과 관련된 중요참고인으로 체포하도록 군에 고발할 거예요."

"……좀 봐주시죠. 물론 여기서 마주친 이상 말없이 종적을 감출 수 있을 거라고 생각하진 않습니다. 그럼 서로 정보를 공유할까요."

나는 그와 정보를 공유하기 시작했다.

나는 조금 전 적을 쓰러뜨린 곳과 대화의 내용을 말했다.

에이블 씨는 적의 대체적인 배치 장소와 왕국군과 구분하는 방법을 말해 줬다.

적은 동료인지 아닌지 구분할 수 있도록 모두 일부러 버튼을 위에서 두 개까지 풀고 있다고 한다.

애초에 왕국군 병사들은 왕궁의 경비를 맡는 경우는 결코 없기 때문에 왕궁 안에서 왕국군 제복을 보면 무조건 베어도 상관없다.

필요한 대화를 마친 후 우리는 각각 적을 사냥하기 위해 헤어졌다.

기척을 죽이고 눈에 띄지 않도록 길을 골라서 에이블 씨가 가르쳐 준 곳으로 향했다.

……아무래도 아직 상대 쪽도 배치만 마쳤을 뿐 실제로는 움직이고 있지 않은 모양이다.

그대로 적에게 다가가서 한순간에 버튼이 두 개 풀어져 있는 것을 확인한 후 칼을 휘둘렀다.

적 한 명이 바닥에 쓰러지는 것과 동시에 나머지 두 사람이 단숨에 달려들었다. 한 명은 피하고 다른 한 명은 베어 버렸다.

별로 강하지 않군.

안심해야 할 상황인데도 너무 쉽게 쓰러져서 맥이 빠졌다.

뒤처리는 에이블 씨가 맡기로 했기 때문에 나는 그대로 다음 표적으로 향했다.

……그리고 적을 차례차례 쓰러뜨린 후 만약을 위해 에이블 씨한테 들은 곳 외에도 숨어 있지 않은지 확인한 후, 나는 에이블 씨와 만나기로 한 장소로 향했다.

"당신이 협력해 준 덕분에 생각보다 훨씬 일찍 끝났습니다. ……

뒤처리는 제가 맡겠습니다."

"……어머? 당신이 누군지 설명은?"

"사흘 뒤 훈련에 참가하는 형태로 저택을 찾아가겠습니다. 그때까지 봐주시겠습니까?"

……사실은 당장이라도 듣고 싶은데.

하지만 그의 얼굴은 다름 아닌 왕국군 병사들이 알고 있다. 만에 하나 그가 약속대로 오지 않더라도 '수상한 인물'이라고 보고할 경우 아무것도 모른 채 속수무책으로 놓쳐야 하는 것은 아니다.

게다가 나도 너무 오래 여기 있을 수는 없다.

아무 말 없이 빠져나왔으니 이제는 슬슬 돌아가야 한다.

날짜를 잡은 것에 만족하고 지금은 이만 물러나는 게 상책이다.

"알았어요. 그 대신 안 오면 나도 즉각 행동에 옮기겠어요."

"네."

단단히 못을 박은 후 그 자리를 떠나 아까 실례했던 빈방으로 돌아갔다.

단검을 치우고 검은 천을 벗어 버린 다음 구두를 신었다.

그 검은 천과 조금 전에 벗은 상의, 그리고 페티코트를 한꺼번에 들고 도중에 휴게실에 들러서 안나에게 맡긴 후 연회장으로 향했다.

……역시 연회장을 떠난 지 꽤 긴 시간이 흐른 모양이다.

성 안의 분위기를 보니 왠지 그런 것 같다.

쿠션을 다시 집어넣지 않고 오길 잘했다.

지금 나는 쿠션을 빼 버린 것에 맞춰서 페티코트도 상의도 입지 않았다.

조금 다르지만 형태는 엠파이어드레스에 가깝다.

늘씬하게 흘러내리는 드레스에 조금 전 안나가 건네준 숄을 둘렀다.

처음 옷차림과는 꽤나 분위기가 다를 것이다.

회장으로 향하는 도중 우연히 루이와 마주쳤다.

"……괜찮아?"

짧은 한마디였지만 나를 걱정하고 있다는 사실을 알 수 있는 목소리와 표정.

걱정을 끼쳤구나……. 자신의 한심함과 경솔함에 가슴속에서 씁쓸함이 밀려왔다.

동시에 그가 나를 생각해 주는 것이 기뻤다.

"응. 좀 깨끗하게 정리하고 왔어."

그것이 드레스를 갈아입었거나 화장을 고쳤다는 뜻이 아니라는 사실을 루이는 곧 눈치챈 모양이었다.

한순간 걱정스러운 듯이 얼굴을 흐렸지만 그는 곧 미소를 지었다.

"그렇구나. 정말 예뻐. ……그 드레스도 어울리네."

왜 드레스를 갈아입었는지 안다고 말하는 듯한 그 말에 나도 그만 웃고 말았다.

나는 어리광을 부리듯 그의 팔에 팔짱을 끼고 그와 함께 또다시 연회장으로 돌아갔다.

내가 드레스를 갈아입었다는 것을 재빨리 눈치챈 다른 참석자들과 즐겁게 대화를 나누고, 이윽고 림멜 공국 사람들이 돌아갈 때까지 연회장에 남아서 그들을 배웅했다.

† † †

왕궁 습격 미수사건은 표면화되지 않았고 파티는 무사히 끝난 것으로 처리되었다.

……실제로 아무 일도 없기는 했지만.

마치 축제처럼 떠들썩하고 화려한 분위기와 열광이 식지 않은 채 눈 깜짝할 사이에 사흘이 흘렀다.

그날, 나는 멜의 모습이기는 하지만 훈련에 참가하지 않고 그가 방문하기를 기다렸다.

오후에는 모리스 님과 리넷 님이 여는 다과회에 참석하기로 예정되어 있다.

훈련에 참가했다가 흥분이 가라앉지 않은 채 다과회에 참석해서 실수를 할까 봐 두려웠다.

그래서 훈련에는 참가하지 않고 전에 에널린의 훈련을 지켜봤던 방에서 훈련장을 관찰했다.

하지만 아무리 찾아도 그는 보이지 않았다.

……도망쳤나?

그런 의문을 품으면서도 나는 상황을 지켜보기 위해 그 자리에서 꼼짝도 하지 않고 그를 기다렸다.

이윽고 새벽훈련이 끝나고, 병사들이 해산하고, 뒷정리를 하고, 휴식을 하고, 각자 훈련장 안에 흩어져서 소란스러워졌을 때.

마치 그 공기에 녹아드는 것처럼 군복을 입은 에이블 씨가 저택을 찾아왔다.

그가 올 것을 알고 찾고 있지 않았더라면 분명 나도 그를 발견할 수 없었을 것이다.

그만큼 그는 자연스럽게 그 자리에 녹아들어 있었다.

그는 그대로 아무에게도 들키지 않고 저택 입구에 도착했다.

드디어 왔군. 내가 내 방으로 돌아가려던 바로 그때.

"……아가씨, 루이 님이 오셨습니다."

안나가 내게 보고했다.

"뭐? 벌써? 루이는 오후에 데리러 오기로 했었는데……."

당황한 기색을 보이는 내게 안나도 난처한 표정을 지었다.

"네, 그럴 예정이었죠. ……어떻게 하죠. 아가씨는 아직 준비도 마치지 못했는데……."

"그린들 공작과의 약속을 어길 수는 없어. 당장 준비를."

"아, 아뇨……. 그린들 공작과의 약속은 오후 그대로입니다. 그 전에 아가씨께 할 얘기가 있어서 일찍 오셨다고……. 지금 가젤 장군님께 인사를 드리러 가셨습니다."

"어머, 그래? 그럼 이대로 만나도 괜찮아."

"정말 괜찮으세요? 멜 차림으로 루이 님을 만나도……."

"루이는 내가 멜이라는 걸 알아. 그리고 루이에게는 미안하지만 지금은 에이블 씨와 만나는 게 먼저야. ……조금 마음에 걸리는 게 있거든."

"알겠습니다. ……미처 보고 드리지 못해서 죄송하지만 에이블 씨도 가젤 장군님께 인사를 드리고 있습니다. 끝난 후 어느 응접실로 안내해 드리면 될까요?"

"그가 인사라고 했지?"

"네. 도중에 손님이 오실 경우 상관없이 함께 들어가도 문제가 없으니까요."

"……그렇군. 그럼 지금 가 볼래. 루이와 에이블 씨가 함께 있다면 마침 잘됐어."

나는 자리에서 일어서서 그대로 집무실로 향했다.

노크를 하고 방 안으로 들어갔다.

그곳에는 안나의 보고대로 루이와 에이블 씨, 그리고 방의 주인인 아버님이 있었다.

"아…… 역시 메를리스 님은 이쪽으로 오셨군요."

에이블 씨가 즐거운 듯이 웃으며 말했다. 나는 그대로 굳어 버렸다.

왜, 어째서……. 그런 의문의 말이 머릿속을 빙글빙글 맴돌았다.

"지금…… 뭐라고 했죠?"

겨우 쥐어 짜낸 말에 루이와 아버님이 웃었다.

"죄송합니다. 실은 알고 있었습니다. 멜이 메를리스 님이라는 걸."

미안한 듯이 눈썹을 추욱 늘어뜨리는 에이블 씨를 바라보며 나도 모르게 한숨을 쉬었다.

……진정해. 스스로를 타일렀다.

아버님과 루이, 두 사람이 웃고 있다……. 틀림없이 알려져도 문제없는 상대일 것이다.

"괜찮아요. 자, 그럼 얘기해 주겠죠? 당신이 누군지."

그래도 나는 그만 그를 노려보고 말았다.

그것은 순수하게 그를 수상하게 여겨서일까, 아니면 모든 걸 알고 웃고 있는 두 사람에게 짜증이 났기 때문일까.

"네. 그러기 위해 루이 님과 미리 약속하고 여길 찾아왔으니까요."

"루이와……?"

루이를 바라보자 그는 난처한 듯이 웃으며 고개를 끄덕였다.

"먼저 가젤 님. 갑자기 시간을 빼앗아서 죄송합니다. 아무래도 저와 루이 님, 그리고 메를리스 님이 한자리에 모이는 것이 부자연스럽지 않고, 동시에 우연을 가장할 수 있는 곳이 이곳밖에 없었습니다."

"괜찮아. 덕분에 나도 재미있는 얘기를 들을 수 있을 것 같군."

"그럼 메를리스 님, 죄송합니다만…… 그날 무엇을 봤는지 먼저 말씀해 주시겠습니까? 이 자리에 계신 가젤 님께 경위를 설명드릴 겸."

"흠, 그것도 그렇군요. ……시작은 3일 전 파티. 화장을 고치려고 휴게실로 가는 길에 발코니에서 수상한 사람을 발견했어요. 왕국군 제복을 입고 제1사단 소속을 사칭하는, 병사가 배치될 리 없는 곳에서 있는 낯선 자들. 그래서 처리했죠. 그때 그들의 목적이 림멜 공국에서 온 분들이며, 동료가 30명 정도 있다는 말을 듣고 성 안을 수색했어요. 그러다 에이블 씨를 만났죠. 역시 가짜 왕국군을 습격하던 그를."

"……가짜 왕국군?"

"네."

아버님의 얼굴이 심각한 표정으로 돌변했다.

그 표정을 보고 나는 아버님이 이번 일에 대해 몰랐다는 사실을 처음으로 알았다.

"루이, 왜 내게 그걸 말해 주지 않았나?"

"……가볍게 보고 드릴 수가 없었습니다. 가젤 장군께 수하들을 포함한 자신의 부하를 모두 의심하라는 것이나 다름없는 말이었으니까요. 에이블과 메를리스, 두 사람의 증인이 모여야만 의미 있는 논의를 할 수 있을 것이다, 그렇게 생각하고 저도 기다렸습니다."

루이의 말에 아버님은 깊은 한숨을 내쉬며 나를 응시했다.

"……메를리스, 계속해라."

"계속 말할 것까지는……. 그 후에는 에이블 씨와 협력해서 모두 처리했어요. 제가 아는 건 이상이에요."

"……그렇군."

"그러니까 에이블 씨. 설명해 주시겠어요? 당신은 대체 누구죠. 어째서 이번 습격 미수사건에 대해 알고 있나요?"

나는 아버님에게서 에이블 씨에게로 시선을 옮겼다.

에이블 씨의 눈동자에는 초조함도 불안도 없었다.

오히려 아무런 감정도 찾아볼 수 없었다.

그저 조용하고 잔잔했다.

"……저는 이 나라 왕국군에 소속되어 있는 밀정. 현재 림멜 공국에 잠입해서 정보 수집을 하고 있습니다."

"이자의 신원은 제가 보증합니다. ……한때 우리 가문에 몸을 의탁했었으니까요."

그 말을 보충하듯 루이가 말을 이었다.

그 말에 아버님은 흥미로운 듯이 한순간 루이를 바라본 후, 다시 당사자인 에이블 씨를 바라보며 입을 열었다.

"호오, 아르메리아 공작가에…… 말인가."

"네. 저희 부모님은 트와일 전쟁으로 전쟁터가 된 마을에 살고 계셨습니다. 마을은 심각한 피해를 입었고, 부모님을 제외한 피붙이들은 모두 죽었습니다. 의지할 곳이 없어진 두 분은 마을을 떠나 왕도에서 결혼해서 저를 낳았습니다. ……하지만 아버지는 일하던 중에 사고로 돌아가셨고 어머니도 그 후 무리해서 일하다가 병을 얻어 뒤를 쫓듯이 세상을 떠나셨습니다. 그 후 홀로 거리를 방황하던 저를 루이 님이 보호해 주셨습니다. 저는 밀정이 되는 기술을 배운 후 왕국군 소속이 되었습니다. 마침 그런 경위로 가족이 아무도 없다 보니 얼굴 때문에 신원을 들킬 염려도 없고, 때로는 이름을 바꿔가며 여기저기 잠입하고 있지요."

"……자네는 왜 왕국군에 들어갔나?"

순간 아버님의 얼굴이 어두워졌다.

그를 돕지 못한 자신을 책망하는 것처럼.

"왜라니 무슨 말씀이신지?"

"자네의 피붙이들을, 마을을 지키지 못한 것은 다름 아닌 우리 군인들이 부족한 탓일세. 그런데 왜 자네는 그렇게까지 나라를 위해 헌신하는 건가?"

아버님의 물음에 에이블 씨는 어째서인지 미소를 지었다.

"그 반대입니다. ……물론 저희 부모님은 트와일 전쟁으로 피붙이와 친구를 잃었습니다. 하지만…… 장군님께서 구하러 오지 않으셨다면 부모님도 죽었겠지요. 장군님은 분명 모든 사람을 지키지는 못했습니다. 하지만 장군님이 없었더라면 더욱 많은 생명을 잃었겠죠. 그래서 부모님의 당신의 목숨과 마을을 구해 준 장군님께 감사하고 있었습니다. ……마치 영웅담을 말하는 것처럼 장군님이 어떻게 마을을 지키려고 싸웠는지 이야기해 주셨죠. 그래서 저는 장군님을 동경했습니다."

"그건……."

틀림없이 에이블 씨의 말로도 아버님을 옭아맨 주박은 풀리지 않을 것이다.

아버님은 그런 분이니까.

잃어버린 것에서 시선을 돌리지 않는다. ……언제까지나 자신의 품에 계속 끌어안고 살아간다.

그래서 지금도 그리 밝지 못한, 납득하지 못한 표정을 짓고 있는 것이다.

"그리고 동시에 저는 저 자신의 축복받은 환경을 용서할 수 없었습니다. ……저와 비슷한 처지의 사람은 많습니다. 저는 운 좋게 루이 님이 거둬 주셨지만…… 많은 사람이 지금도 힘들게 살아가고 있습니다. 그래서 저는 왕국군에 입단한 것입니다. 더 이상 저 같은 처지의 아이가 생기지 않도록. 누군가가 누군가를 잃어버리는 고통을 맛보지 않도록, 잃어버릴까 봐 불안에 떨지 않도록."

"그렇군요……."

나는 아무 말도 할 수 없었다.

그만큼 그의 말과 목소리에서 진지한 마음이 전해졌다.

"림멜 공국에 잠입해 있을 때 놈들의 움직임을 눈치챘습니다. 하지만…… 한심하게도 그때는 이미 림멜 공국에서 자지도 쉬지도 않고 말을 달려도 연회가 시작되기 전에 도착하기 힘든 상태였습니다. 그리고 불확정 요소가 너무 많아서 제가 직접 림멜 공국에서 서둘러 달려왔죠. ……그리고 파티에 숨어들어 수상한 자를 심문해서 정보를 캐내고 있을 때 메를리스 님과 마주친 겁니다."

"……그럼 에이블. 우리 나라의 협력자는?"

"유감스럽게도 그게 누군지는 놈들도 모르는 눈치였습니다. 그래서 현재 우리 나라의 왕국군 제복을 어떤 경로로 손에 넣었는지 조사 중입니다."

"그렇군……."

에이블의 대답에 아버님은 깊은 한숨을 쉬었다.

……아버님 입장에서는 빨리 답을 알고 싶겠지.

그리 쉽게 구할 수 없는 왕국군 제복을 그토록 많이 손에 넣었다는 것은…… 틀림없이 왕국군 내부, 또는 왕국군에 뭔가 영향력을 지닌 인물이 협력하고 있다는 뜻이다.

"……그럼 림멜 공국 측 관계자는?"

루이의 말에 에이블은 한순간 난처한 듯이 입을 다물었다.

"확실한 증거는 아직 손에 넣지 못했지만…… 슬리거 공작가입니다."

"잠깐……. 이번에 슬리거 공작도 참석했을 텐데? 설마 자기를 살해해 달라고 의뢰한 거야……?"

나도 모르게 나조차 누굴 향한 것인지 모를 질문을 중얼거렸다.

"……별로 선택지를 좁히고 싶지는 않지만 현재 생각할 수 있는 가능성은 두 가지. 하나는 다른 공작가와 함께 습격당하는 모습을 사람들이 목격하게 만들어서 의심의 눈길을 피하기 위해 일부러 자신들도 표적에 넣었을 가능성. 이 경우 뭔가 자신들은 살아날 방법을 확보해 놨겠지만."

"……또 하나는?"

"타스멜리아 왕국에 오지 않은, 슬리거 공작가의 장남 코디스 슬리거가 모든 것을 조종하고 있을 가능성도 있지."

"설마…… 자신의 아버지와 동생을 죽이라고 의뢰했단 말이야?"

"어디까지나 가능성을 말한 것뿐이야. ……하지만 있을 수 없는 얘기는 아니잖아? 어떤 목적이나 경위가 있어서 자신의 가족을 죽여 달라고 의뢰하는 건."

할 말을 잃었다.

확실히 그렇다. ……바로 얼마 전, 나도 절망에 빠질 뻔하지 않았던가.

어머님의 죽음을 통해서. 혈족의 목숨마저 빼앗는 인간의 깊은 죄업을.

아버님도 같은 생각을 했는지 묘하게 우수 어린 분위기가 감돌았다.

"……죄송합니다. 저 때문에 괜한 기억이 떠올랐나 보군요."

루이도 곧 우리에게 생각이 미쳤는지 사과의 말을 건넸다.

"괜찮네. ……루이 말이 맞아. 있을 수 없는 얘기가 아닌 이상 선택지에서 제외시킬 수는 없지."

아버님의 말에 루이는 머리를 숙였다.

"……그럼 에이블. 그 두 가지 선에서 알아봐 줘. 그리고 가젤 장군님. 죄송하지만……."

"물론 최대한 협력하지. 나는 나대로 내부의 협력자가 누군지 정체를 알아보겠네."

"알겠습니다, 루이 님. 가젤 장군님, 협력해 주셔서 감사합니다. ……그럼 저는 이만 실례하겠습니다. 인사라는 명목으로 여기 너무 오래 머물러있으면 부자연스러우니까요."

"아, 그도 그렇군. 힘내게, 에이블."

"감사합니다, 가젤 장군님."

"아, 그럼 저도 이만 실례할게요. 외출 준비를 해야 하거든요."

에이블이 나간 후 나도 곧 아버님의 서재를 나왔다.

"……오늘 고마웠어요."

나란히 걷는 에이블을 향해 나는 사죄의 의미도 함께 담아서 감사를 전했다.

왕궁에서 마주쳤을 때는 의심할 수밖에 없는 상황이라 어쩔 수 없다고 생각했지만…… 그래도 밀정으로 활동 중인 그에게 공연히 무리한 부탁을 하고 말았다.

"아닙니다, 저야말로…… 다시 한번 지난번에 협력해 주셔서 감사합니다. 고맙습니다."

그는 아무렇지도 않은 얼굴로 오히려 내게 고맙다고 말했다.

"저어…… 에이블 씨, 물어봐도 될지 모르겠지만…… 당신의 진짜 이름은 뭔가요?"

"네?"

그 뜬금없는 질문에 에이블 씨는 눈을 크게 떴다.

보기 드물게 동요하는 그의 모습에 나도 모르게 웃고 말았다.

"아까 말했잖아요? 때로는 이름을 바꾸고 여기저기 잠입한다고……. 그러니까 '에이블'도 그런 이름 중 하나 아닐까 해서요."

"아…… 그런 말씀입니까. 죄송하지만 본명은 말씀드릴 수 없습니다. 비밀은 아는 사람이 적으면 적을수록 좋으니까요."

"역시 그렇군요."

조금 아쉬워하며 내심 한숨을 쉬었다.

"그보다 저도 한 가지 부탁이 있습니다."

"뭐죠?"

"지금쯤 루이 님이 가젤 장군님께 의뢰하고 있겠지만…… 에닐린을 제게 맡겨 주십시오."

"어머, 에닐린을?"

그리고 보니 안나와 에닐린, 그리고 에이블 씨가 훈련할 때 사이좋게 얘기하는 모습을 본 기억이 있다.

그런데 설마 결혼을 원할 만큼 좋은 사이로 발전했을 줄이야.

……나는 오히려 안나와 잘되어 가고 있는 줄 알았는데 의외다.

"……아마 지금 상상하시는 것과는 다를 겁니다. 에닐린을 우리 부대로 데려가고 싶습니다."

"네……? 아, 아하……. 그 아이를, 밀정으로 말이죠. 아마 아버님도 루이에게 같은 말씀을 하시겠지만 그건 본인의 의사에 달려 있어요. 그녀가 원한다면 난 반대하지 않겠어요. 지금부터 그녀의 의견을 물어보러 가죠. 그리고 안나는 어떤가요?"

"솔직히 에널린이 적성에 맞는 것 같아서 권유할 생각이지만……만약 에널린이 수락한다면 안나도 함께 와도 문제없습니다."

"그렇군요……."

그들이 왕국군에 들어가고 싶다는 소원이 이루어진다.

하지만 동시에 그녀들이 바라던 직무는 아닐 것이다.

그들은 아버님을 동경해서 아버님처럼 되고 싶어 했으니까.

게다가 밀정이라는 직무는 위험이 따른다.

……어차피 왕국군 중에 전혀 위험하지 않은 일은 없지만.

그러니까 모든 건 그녀들의 의사에 달려 있다.

나는 에널린과 안나를 불러서 거절당할 경우에 대비하여 이름을 숨긴 채 왕국군 밀정에서 두 사람을 원하고 있다는 사실을 전했다.

에널린은 꼭 맡고 싶다고 그 제안을 수락한 후 쇠뿔도 단김에 빼라는 듯이 바로 떠날 채비를 하기 시작했다.

그리고 에널린이 준비하는 동안 안나는 에이블 씨와 별실에서 사이좋게 이야기를 나눴다.

……역시 분위기가 좋군. 나는 기척을 숨긴 채 그 광경을 바라보았다.

에이블 씨는 평소 보이지 않는 부드러운 미소와 눈빛으로 안나를 바라보고 있었고, 안나도 여느 때보다 더욱 사랑스러운 미소를 짓고 있었다.

……계속 지켜보며 방해하긴 미안하니까 슬슬 돌아가 볼까.

원래 있던 방으로 돌아와서 혼자 기다리자 제일 먼저 에이블 씨가 돌아왔다.

"……저어, 에이블 씨."

"네?"

"쓸데없는 참견일지 모르지만…… 혹시 장래를 약속한 사람은 없나요?"

내 물음이 의외였는지 에이블 씨는 보기 드물게 눈을 동그랗게 뜨며 놀라는 듯한 표정을 지었다.

"저어…… 조금 궁금했던 것뿐이에요……."

역시 지나친 참견이었나. 재빨리 방금 한 말을 취소하려던 순간 에이블 씨는 웃었다.

"안타깝게도 장래를 약속한 사람은 없습니다. ……앞으로도 분명 그런 사람을 만나긴 힘들겠지요."

"왜죠……?"

"직무상 제 신원을 아는 사람은 적으면 적을수록 좋으니까요. 그리고 제게 제일 중요한 것은 이 나라……. 저는 이 나라에 목숨을 바치겠노라 스스로 맹세했으니까요. 그런 남자와 장래를 약속한다면 여자분이 너무 안쓰럽지 않습니까?"

……아무 말도 할 수 없었다.

왜 그렇게까지 철저한 걸까……. 자신의 행복은 버려도 좋은 걸까. 그렇게 묻고 싶었다.

하지만 더 이상 주제넘게 굴면 안 된다는 생각에 나는 나 자신을 제지했다.

이윽고 에널린과 안나가 돌아왔다. 에이블 씨는 그대로 에널린을 데리고 저택을 떠났다.

"······괜찮겠어?"

떠나가는 에널린을 바라보며 나는 안나에게 물었다.

실은 뜻밖에도 안나는 에이블 씨의 제안을 거절하고 내 곁에 남고 싶다고 말했다.

"뭐가 말인가요?"

"여기 남아서."

내 말에 안나는 "아······." 하고 중얼거리며 미소를 지었다.

"전에 메를리스 님이 말씀하셨죠? '왕국군에 입대하는 건 수단일 뿐 꿈 자체는 아니었다.' 라고. 저도 마찬가지예요. 저밖에 할 수 없는 방법으로 메를리스 님을 돕고 싶어요. 그게 이 나라를 지키는 방법 중 하나라고······ 그렇게 생각하니까요. ······그리고 제 은인은 가젤 장군님뿐만이 아니에요. 메를리스 님도 제 목숨을 구해 주셨어요. 그러니까 그 은혜를 갚고 싶어요."

사실은 묻고 싶었다.

'직무와는 상관없이······ 에이블 씨를 따라가고 싶었던 거 아니야?' 라고.

하지만 망설임 없는 그녀의 눈동자에 더 이상 아무 말도 할 수 없었다.

"······네가 바란다면."

"고맙습니다! ······그런데 메를리스 님. 다음 예정이 있으니 이제 슬슬 준비를 하셔야죠."

"아······ 그랬지. 그럼 안나, 부탁해."

그리고 우리는 저택으로 돌아와서 그린들 공작가를 방문할 채비를 시작했다.

제12장
각자의 싸움

"……그럼 노르트와 연결되어 있었던 건 코디스 슬리거였단 말이지?"

"네. 코디스와 접촉이 있는 약초를 취급하는 상회를 조사한 결과, 그중 하나가 노르트 상회 계열이라는 사실이 밝혀졌습니다. ……판명하느라 시간이 걸려서 정말 죄송합니다."

로멜르의 물음에 알프는 심각한 얼굴로 고개를 끄덕이며 대답했다.

"할 수 없지……라고는 말할 수 없지만 계속 가주 커티스를 조사했었지? 뭐 그 선택은 이해할 수 있네."

"죄송합니다. ……이번 타스멜리아 왕국에서 림멜 공국 요인 습격미수 사건으로 의혹이 불거진 덕분에 파악할 수 있었습니다. 베른의 움직임과 메를리스 님의 활약에는 정말로 머리가 숙여집니다."

"베른은 지금 어디에 잠입해 있는지…… 파악하고 있나, 알프?"

함께 있던 루이가 입을 열었다.

"네. ……이 문제에 관해서는 협력 체제를 취하고 있으니까요. 현재 베른은 노르트 상회 계열이자 코디스와 접촉이 있는 상회에 잠입해 있습니다."

"너무 가깝지 않나? 그 녀석이 실수를 할 것 같지는 않지만……만에 하나 타스멜리아 왕국의 에이블과 동일인물이라는 게 밝혀지면……."

"위험은 잘 알고 있겠지요. 그만큼 이 문제는 중요하고 가급적 빨리 정보를 손에 넣을 필요가 있다고 판단했기 때문입니다."

"……그렇군."

루이는 무거운 한숨을 쉬었다.

그것은 그가 그만큼 베른을 걱정하고 있기 때문이었다.

그가 짊어진 역할이 얼마나 중요하고 필요한 일인지는 루이도 알고 있다.

사실 림멜 공국 요인 습격 미수사건은 그가 사전에 정보를 포착했기에 큰일로 번지지 않은 것이다.

그래도 어릴 적부터 함께했던 그가 적지나 다름없는 곳에 혼자 있다고 생각하면 걱정이 될 수밖에 없었다.

하지만 다음 순간, 루이는 고개를 숙인 채 머리를 살짝 좌우로 흔들었다. ……그리고 마음의 흔들림을 억눌렀다.

……멀리 떨어진 곳에 있는 자신이 정에 휩쓸려 걱정만 해 봤자 무슨 소용인가…….

적지에 있는 베른을 생각한다면 오히려 더욱 냉정하게, 그가 가져온 정보를 유용하게 활용하기 위해 머리를 움직여야 한다.

루이는 그렇게 마음을 다잡았다.

"하던 얘길 계속하지. 코디스가 림멜 공국 요인 습격의 배후인 건 틀림없겠지?"

한편 로멜르는 살짝 재상의 얼굴이 섞인 듯한 날카로운 시선으로 알프를 바라보며 물었다.

"네…… 틀림없습니다. 코디스는 자신과 연결되어 있는 노르트 상회를 통해 여러 사람을 고용하고 계획을 실행하도록 지시까지 내렸다고 합니다."

알프는 그런 그의 시선에도 겁을 먹지 않고 냉정하게 대답했다.

"그런가. ……그렇다면 저 바스칼 공작가 사건도 코디스의 책략이겠군."

"네, 짐작하신 대로입니다."

"배후는?"

"파악했습니다."

"하지만…… 그래서 그가 얻는 이익은 뭘까요. 가주인 커티스와 뭔가 불화가 있고, 또 가주 자리를 두고 싸우는 동생도 함께 처리할 수 있다는 이점은 있습니다만…… 왜 일부러 이 나라와의 관계를 악화시키려는 걸까요……."

두 사람의 대화가 잠시 중단된 타이밍에 루이는 입을 열었다.

"글쎄……. 다른 공작가 가주를 한꺼번에 처리할 수 있으니까…… 그걸 바탕으로 림멜 공국 전체를 장악하려고 했던 것 아닐까? 타스멜리아 왕국이라는 공통의 적만 있으면 공국을 통합하는 건 쉬운 일일 테니까. 물론 여기서 아무리 논의해 봤자 그저 추측에 지나지 않는다만."

로멜르는 무거운 한숨을 쉬며 중얼거렸다.

조용한 서재에 그 소리가 유난히 크게 울려 퍼졌다.

실내를 가득 채운 무거운 분위기와 정적은 마치 그곳만 시간의 흐름에서 격리된 것 같았다.

"어쨌든 1, 2년 전부터 계속 준비하고 있었던 건 확실해. ……상당히 용의주도한 자다. 새삼 생각해도 베른과 메를리스가 습격사건을 눈치채고 미연에 막아 줘서 정말 다행이야."

"아뇨……."

조금 전 로멜르가 날카로운 시선을 던져도 태연했던 알프가 어두운 얼굴로 부정의 말을 입에 담았다.

그런 그의 평소답지 않은 모습에 로멜르와 루이의 분위기에 긴장감이 감돌았다.

"1, 2년 전부터가 아닙니다. 적어도…… 4, 5년 전부터일 가능성이 높습니다."

그런 분위기 속에서 알프는 무거운 목소리로 말을 이었다.

"4, 5년 전? 대체 무슨……."

로멜르는 혼잣말을 중얼거리듯이 물었다. ……그리고 그 도중, 그 말의 의미를 깨닫고 더 이상 말을 잇지 못했다.

얼굴이 딱딱하게 굳고 몸마저 부자연스러울 만큼 경직됐다.

"설마…… 벨스 사건은……."

로멜르는 마치 꼭두각시 인형처럼 어색한 움직임으로 알프를 바라보았다.

"……네. 십중팔구 그자 뒤에는 노르트와 코디스가 있습니다."

쥐어 짜내는 듯한 목소리였다.

미간을 찡그리며, 두 사람의 반응을 예측하고 있었는지 안타까운 표정을 지으며 알프는 고개를 외면하고 있었다.

"잠깐! 그게 확실한가?"

루이도 사태의 심각함에 전율하며 저도 모르게 반쯤 고함을 지르

듯이 물었다.

……당연하다.

그것은 앤더슨 후작가가 다른 나라와 내통했다는 증거니까.

가젤이 아무리 국가에 공헌했다 해도 일족의…… 그것도 가주에 가까운 혈족 가운데 그런 자가 나타나면 앤더슨 후작가 전체에 책임을 물을 수밖에 없다.

"……네. 틀림없습니다. 노르트에 잠입시킨 자로부터 그 사실을 알아냈다는 보고를 받았습니다. 곧 증거도 발견할 수 있을 겁니다."

"알고 싶었던 정보지만 대답을 들으니 알고 싶지 않았던 것 같기도 하군……."

로멜르는 모든 것을 내던지듯 하늘을 올려다보며 작게 중얼거렸다.

또다시 무거운 공기가 실내를 감쌌다.

로멜르와 루이는 각각 시선을 떼고 머릿속을 정리하듯 생각에 몰두해 있었다.

이윽고 루이가 작게 한숨을 쉬며 고개를 들었다.

"시기의 차이는 있겠지만 알프의 수하라면 늦건 빠르건 발견하겠군요. ……뭐니 뭐니 해도 노르트 밑에 숨어서 정보를 수집하고 있으니까요."

"……아내 될 사람의 친정에 위기가 닥칠지도 모르는데 꽤나 냉정하구나."

"그럴 리가 있습니까……."

루이는 초조함이 담긴 목소리로 작게 중얼거렸다.

"……실례. 그럼 알프. 그 연결점을 찾았다면 벨스가 횡령해서 숨겨 둔 철이 있는 곳도 알아낼 수 있겠군?"

"네. 거래 상대를 알았으니 빠른 시일 안에 알아낼 수 있습니다."

정보가 전혀 없는 상태에서 찾는 것보다는 거래 상대나 거래처를 알고 있는 편이 당연히 수사도 빨라진다.

그것은 탤벗 백작이 인신매매에 관여하고 있다는 사실이 발각됐을 때와 마찬가지다.

"그럼 서둘러 찾아 주게."

"알겠습니다."

"……잠깐."

로멜르의 저지에 루이는 의아한 시선으로 그를 바라보았다.

"아…… 철이 있는 곳은 노르트 쪽부터 모으게. 동시에 벨스 또는 벨스와 가까운 인물이 노르트와 현재도 거래를 하고 있지 않은지 확인하게나."

"아버님…… 설마 가젤 님을 의심하시는 겁니까?"

"가능성이 아예 없다고 단언할 수는 없지 않느냐? ……물론 그 녀석이 관여했을 거라고는 생각하지 않고, 그렇게 믿고 싶다. 하지만 그저 믿기만 하는 게 아니라 객관적으로 그 녀석이 아무 관계도 없다는 걸 입증해야 해. ……그리고 내가 진짜로 의심하는 건 벨스와 그의 처자식들이다. 벨스의 심복 부하도 수상하고."

설령 친우라 해도 정 때문에 객관성을 잃지는 않는다.

가능성이 있는 한 결코 도망치지 않고 계속 추궁한다.

그것은 옛날 그가 가젤과 이야기를 나누며 말했던, 그가 되고자 했던 모습 그 자체였다.

"아무튼 벨스와 노르트를 분석하게. 서류나 서신을 주고받으면 전부 자네가 고쳐 써서 거짓으로 전달시키는 동시에 자네의 수하가 노르트의 하수인이라는 것을 믿게 만들게. 그다음은 추후에 지시를 내리도록 하지. 그리고 노르트 쪽에 잠입시킨 자에게는 지금까지 벨스와 주고받은 연락을 전부 파기시키게. 그리고 코디스가 그 증거품을 보유하고 있지는 않은지 확인하고 발견하면 그것도 모두 파기하도록 공작하게나."

"알겠습니다. 즉시 착수하겠습니다."

로멜르의 말에 알프는 머리를 숙인 후 곧 그 자리를 떠났다.

"……벨스와 코디스는 닮았는지도 몰라."

알프의 모습이 보이지 않게 되었을 때 로멜르가 작게 중얼거렸다.

"닮았습니까?"

"그래…… 처지가……."

그건 그렇다. 루이는 내심 고개를 끄덕였다.

벨스는 가젤의 검술 재능 때문에, 그리고 코디스는 동생인 마일스의 기질 때문에.

……두 사람 모두 피가 섞인 가족에게 인정받지 못했다.

얼마나 슬플까.

얼마나 분할까.

아니…… 피가 이어져 있기 때문에 더욱 슬프고 더욱 분할지도 모른다.

"나를 인정해 주지 않는 세계를 부숴 버리고 싶을 만큼 미움이 쌓인 걸까요……. 동정은 하지만 그렇다고 눈감아 줄 생각은 없습니다."

"그야 물론이지. '온정을 가져라. 그러나……'."

"'정에 휩쓸리지는 말아라.' 맞지요?"

"음, 그래."

그것은 루이가 로멜르의 일을 보좌하기 시작했을 때부터 로멜르가 들려준 말이었다.

온정을 가져라……. 그렇지 않으면 사람이 따르지 않는다.

단 정에 휩쓸려서는 안 된다.

정에 휩쓸려 충동적으로 움직이는 것은 스스로 생각하기를 포기하는 것이나 마찬가지.

그 결과 자신이 바라지 않는 결과가 일어나면…… 그때 가장 후회하는 것은 자신이니까.

"메를리스에게는 말할 거냐?"

"……네. 가젤 장군님의 혐의가 풀린 후에."

"호오……. 다정하구나. 아니, 냉정한 건가?"

로멜르의 지적대로 루이의 결단은 그 어느 쪽이라고도 할 수 있었다.

가젤 장군의 혐의가 풀리지 않은 상황에서 메를리스에게 사실을 말하면…… 메를리스는 무거운 비밀을 짊어지게 된다.

또 아무리 아버지를 믿는다 해도…… 아버지가 죄인일지도 모른다는 의심을 받는다면 그녀는 분명 마음에 상처를 입을 것이다.

그 점에서는 메를리스의 마음을 고려한 다정한 선택이라고 할 수 있다.

한편 가젤 장군에게 혐의가 있는 이상 그의 피붙이에게 혐의의 내용을 말할 수는 없다. ……만에 하나 가젤 장군이 진짜로 죄를 저질렀을 경우, 그 사실을 은폐하기 위해 움직일 가능성도 0은 아니다.

설령 그러지 않는다 해도 루이가 그녀에게 사실을 말해 준 순간 주위에서는 증거를 은폐한 것 아니냐는 의심의 눈초리로 그녀를 바라보게 될지도 모른다.

그런 점에서 루이의 선택은 냉정하다고도 할 수 있다.

"짓궂은 질문이군요."

루이는 속마음을 들키지 않도록 억양 없는 목소리로 긍정도 부정도 하지 않고 대답했다.

"……그건 그렇고 전에 아버님이 말씀하셨죠. 언제부턴가 벨스의 수법이 교묘해졌다고."

"그래. ……철의 행방은 아직까지 찾지 못했고, 왕도 연쇄 유괴사건의 실행범 르멜 백작과 그의 연결점을 찾기 위해 알프도 꽤나 애를 먹었으니까."

"즉 그때부터 노르트를 통해 코디스와 손을 잡고 있었다는 말씀이군요."

"그래……. 알프의 조사 결과에 달렸지만 십중팔구 그럴 거다. ……그리고 틀림없이 이번 림멜 공국 요인 습격 미수사건 때 습격범이 왕국군 제복을 입고 있었던 것도……."

"분명 벨스와 가까운 인물이 앤더슨 후작가의 이름을 이용해서 제복을 손에 넣은 후 노르트를 통해 그걸 빼돌렸겠지요."

로멜르의 말에 루이와 로멜르 두 사람은 모두 어두운 표정을 지었다.

"정보를 흘린 것만으로도 왕국을 배반할 의사가 있는 것으로 간주하기에는 충분하지만…… 심지어 협력자로서 이번 습격사건에 깊이 관여하고 있었을 줄이야."

"그뿐만이 아닙니다. ……무엇보다도 앤더슨 후작령의 질 좋은 철로 만든 검을 나라밖으로 빼돌렸을 가능성도 있습니다. ……이건 그야말로……."

"그래. 세상에 알려지면 십중팔구 잘해야 가문이 몰락하고……

최악의 경우 일족 모두 처형당하겠지."

순간 루이는 로멜르의 말에 몸을 떨었다. ……그리고 힘없이 고개를 숙였다.

"당연히 너와 메를리스의 약혼도 취소될 거다. ……아르메리아 공작가 차기 가주의 부인이 왕국에 반역죄를 지은 가문의 혈족이라니…… 절대로 인정받을 수 없으니까."

"아버님!"

로멜르는 아버지를 향해 보기 드물게 언성을 높였다.

"진정해라. ……세상에 알려진다면 말이다."

"……네, 그렇죠. 즉 아버님은 이 일을 표면화할 생각은 없단 말씀이시죠……?"

"아직 트와일 국과 전쟁이 끝나지 않았다. ……그런 상황에서 영웅이 무너지면 어떻게 될까? ……물론 가젤이 그 일에 관여하지 않았다고 확신할 수 있을 경우 말이다만."

질문에 질문으로 대답하는 듯한 로멜르의 말에 루이는 식은땀을 흘리며 웃었다.

"아버님이 지금 이 얘기를 한 건…… 저를 공범으로 만들고 싶으신가 보군요?"

루이의 말에 로멜르는 그저 미소를 지었다.

……본래는 당장 보고하지 않으면 안 될 만큼 중대한 사건이다.

그걸 덮어 버린다면…… 사실이 들통 날 경우 아르메리아 공작가도 당연히 무사하지는 못할 것이다.

"원래대로라면 나 혼자 짊어지지 않으면 안 되겠지만."

"무리입니다. 안 그래도 지금 아버님의 업무량은 림멜 공국과 관련된 일 때문에 늘어나고 있으니까요. ……그래서 말씀하신 거죠?

그리고……."

물끄러미. 루이는 로멜르의 눈동자를 정면으로 응시했다.

그 눈동자에 두려움이나 초조함은 없었다.

"저는 그녀를 지키겠다고 맹세했습니다. 그러기 위해서는 아버님과 대립하더라도 원래 그럴 생각이었습니다."

"그렇군. ……꽤나 열렬한 사랑 고백을 들었구나. 어쨌든 농담은 그만하고…… 일단 알프에게서 추가 보고가 있을 때까지 먼저 이쪽에서 림멜 공국 요인 습격범에게 왕국군 제복을 빼돌린 경로와 인물을 알아보자꾸나."

"네, 알겠습니다. 그쪽은 제가 맡을 테니 아버님은 계속 림멜 공국에 대응을 부탁드립니다."

"그래, 알았다."

그리고 루이는 곧장 자신의 방으로 돌아가서 다시 일을 시작했다.

† † †

"……어라? 루이 님. 무슨 자료를 찾고 계십니까?"

왕궁 안 서고에서 과거 자료를 뒤지고 있을 때 젊은 관료가 말을 건넸다.

수많은 종이를 파일로 묶어서 책장에 나열해 놓은 그 방에 인기척은 거의 없었다.

넓은 서고에 있는 사람은 루이를 제외하면 두세 명 정도였다.

"음? 아…… 제출한 서류에 오차가 있어서요. 과거 자료에도 실수가 있진 않을지 걱정돼서 찾으러 왔습니다."

"그런 거라면 절 시키지 그러셨습니까."

"아니, 괜찮습니다. 어떻게 보면 업무와 관계도 없고…… 제가 멋대로 신경 쓰여서 찾아보는 것뿐이니까요."

"그렇습니까? ……그럼 실례합니다."

"네."

루이는 그 인물이 떠난 후 또다시 책장을 바라보았다.

군부 예산 관련 서류를 하나씩 펼쳐서 속독한 후 찾는 자료가 없으면 다시 꽂아 놓고 다음 서류를 읽었다.

로멜르의 업무를 보좌하는 틈틈이 루이는 남는 시간을 모조리 이 서류를 뒤지는 데 쏟아붓고 있었다.

습격범이 착용하고 있던 것은 왕국군 제복.

노르트를 통해 그 제복을 새로 제작했다면 발주한 흔적이 남아 있지 않을까…… 그렇게 생각했기 때문이다.

그리고 그 흔적을 통해 이 사건과 관련되어 있는 인물을 색출해 낼 수 있지 않을까 하고…….

물론 왕국군이 입던 제복을 폐기할 때 조금씩 빼돌렸다면 서류에 기록은 남아 있지 않겠지만…… 항시 새로운 제복이 필요한 전쟁 중이라면 몰라도 지금 같은 평상시에 그리 쉽게 습격범의 숫자만큼 폐기된 제복을 모으기는 힘들 것이다.

정규 루트가 아닌, 다른 루트로 발주했다면 기록은 찾을 수 없겠지만…… 그건 그거대로 적이 개별 루트를 확보하고 있다는 증거가 된다.

루이는 문득 손을 멈췄다.

……찾았다.

그렇게 내심 미소를 지으며.

림멜 공국의 요인들이 도착하기 전에 30벌 발주.

루이는 그 서류를 들고 서고에서 나왔다.

　그리고 작업에 몰두하다 저택으로 돌아올 무렵에는 밤이 깊어 있었다.

　방으로 돌아가려고 저택 안을 걸었다.

　문득 방으로 돌아가기 전에 자료를 갖고 가려고 도서관으로 향했다.

　아르메리아 공작령 본저에 있는 도서관과는 비교도 되지 않지만 그래도 제법 많은 장서량을 자랑하는 도서관에는 특히 집무를 할 때 필요한 자료로 삼을 만한 책이 많았다.

　루이는 실내를 걸어서 필요한 책을 찾았다.

　그때 문득 바닥에 쓰러져 있는 인물을 발견했다.

　"어머님…… 어머님!"

　어머니 오렐리아였다. 그는 서둘러 그녀를 안아 일으켰다.

　……가볍다.

　기억 속의 그녀보다 한층 가벼운 그 무게에 루이는 내심 공포를 느꼈다.

　"……뭐죠. 시끄럽군요."

　의식이 돌아온 걸까. 오렐리아는 루이의 외침에 얼굴을 찡그렸다.

　"시끄럽다니…… 어머님, 어머님은 지금 여기 쓰러져 계셨습니다!"

　"공연히 목소리 높이지 말아요. 별거 아니니까."

　"당장 의사를……."

　"내일 사람을 시켜 부르도록 하죠. 조금 현기증이 난 것뿐이에요. 그렇게 걱정할 필요 없답니다."

　"하지만……."

기억 속에 있는 모습보다 훨씬 마르고 더욱 창백해진 그녀의 모습에 루이는 불안을 떨쳐 버릴 수 없었다.

그래서 오렐리아가 완강하게 거부해도 끈질기게 물고 늘어졌지만…….

"알겠죠? 절대 소란 피우면 안 돼요. 소란을 피우면 그이의 귀에도 들어갈 테니까요. 그이는 지금 힘든 일을 하고 있어요. 날 신경쓸 여유도 없을 테고, 나 또한 아르메리아 공작가 가주 부인의 긍지를 걸고 그를 방해하고 싶지 않아요. ……루이도 마찬가지 아닌가요? 나는 신경 쓰지 말고 빨리 쉬어요. 내일도 일찍 일어나야 하잖아요?"

오렐리아는 한걸음도 물러서지 않았다.

그 의연한 모습은 도저히 조금 전까지 쓰러져 있던 사람으로 보이지 않았다.

오렐리아와 루이는 서로를 물끄러미 응시했다.

"……알겠습니다. 내일 꼭 의사에게 진찰받으셔야 합니다. 방까지 모셔다 드리겠습니다."

루이는 한숨을 쉬며 오렐리아에게 말했다.

"그렇게 걱정하지 않아도 되는데. 하지만…… 모처럼이니까 부탁해요."

오렐리아는 루이의 손을 잡고 몸을 일으켰다.

"그런데 왜 혼자 그런 곳에 계셨던 겁니까?"

"……저택 사람들이 다들 날 너무 걱정해서 침대 밖으로 못 나가게 하지 뭐예요. 그런데 계속 누워만 있으니까 밤에 잠이 오지 않아서요. 오늘도 자다가 눈이 떠져서 침대를 빠져나와 도서관에 온 거예요."

"……다들 걱정하고 있다는 건…… 다들 어머님의 몸 상태를 알고 있는 겁니까."

그 말에 오렐리아는 한순간 말문이 막혔다.

이윽고 그녀는 난처한 표정을 지으며 한숨을 쉬었다.

"그래요. ……요즘 몸이 조금 안 좋아서요."

"어째서……."

"내가 말하지 말라고 했어요. ……저택 사람들에게."

"……아버님이나 제게 걱정을 끼치고 싶지 않다는 어머님의 마음은 저도 이해하지 못하는 건 아닙니다. 하지만…… 어머님은 소중한 가족입니다. 어머님께 무슨 일이 생기면 저도 아버님도 후회하고 또 후회할 겁니다……."

"……다정하기도 해라. 그리고…… 그래요. 그이도 분명 나를 걱정하겠지요."

"그렇다면……."

"이건 내 고집이에요. 그이는 내 상태를 알면…… 내 곁에 올 수 없으면서도 분명 걱정할 거예요. 그의 두뇌와 손을 필요로 하는 사람은 아주 많아요. ……이 힘든 상황에 내게 신경 쓸 여유는 없을 텐데."

"어머님, 어떻게 그걸……?"

림멜 공국 요인 습격 미수사건에 대해서는 로멜르도 루이도 오렐리아에게 말하지 않았다.

그런데도 오렐리아는 모든 걸 아는 듯한 표정을 짓고 있었다.

"물론 자세히는 몰라요. ……하지만 그이와 루이, 두 사람의 모습을 보면 나도 뭔가 큰일이 일어났다는 것쯤은 짐작할 수 있답니다."

망설임 없이 단정 짓은 그 모습에 루이는 그만 쓴웃음을 지었다.

"……나는 그이에게 마음을 받았어요. 그것만으로도 나는 충분해요. 그러니까…… 그의 손은 지금 그를 필요로 하는 사람들에게 양보해야죠. 그게 아르메리아 공작가 가주의 부인으로서 할 수 있는 유일한 일이니까요."

"……그렇군요. 그럼 앞으로는 절대 혼자서 빠져나오지 마세요."

물러날 기색을 보이지 않는 오렐리아에게 루이는 한숨을 쉬며 말했다.

분명 이 선택은…… 로멜르의 뜻에 어긋나는 선택일 것이다.

하지만 그래도…… 이 강한 눈빛을 지닌 어머니의 부탁을 뿌리칠 수는 없었다.

"어머나…… 루이도 이 저택 사람들과 똑같은 말을 하는군요."

오렐리아는 까르르 웃으며 말을 이었다.

"당연하죠. 그만큼 다들 어머님을 걱정하는 겁니다. 그러니 제발 몸조리 잘하세요."

"그래요…… 그렇게 하죠. 그러니까 루이도 오늘 밤 일은 빨리 잊어버려요."

이윽고 루이는 오렐리아가 실내로 들어가는 모습을 지켜본 후 자신의 방으로 돌아갔다.

† † †

"……벨스의 딸?"

"네. ……루이 님께 받은 왕국군 제복 발주서를 토대로 수사한 결과 최종적으로는 그녀와 연결되어 있었습니다."

"그러고 보니 벨스에게 딸이 하나 있었지……."

알프의 대답에 로멜르는 머릿속의 기억을 더듬듯이 중얼거렸다.

"네. 나이는 루이 님보다 연상…… 현재 22세입니다. 이름은 살로메. 살로메 베라 앤더슨. 아버지 벨스가 영구 근신 처분을 받고 감시를 받으며 별장에서 살고 있는 탓에 저택에서 혼자 지내고 있습니다."

"혼자? 다른 가족들은?"

"벨스의 아내는 이혼하고 저택을 떠났습니다. 그리고 살로메는 아직 결혼을 하지 않았습니다."

"그렇군. 난 당연히 왕국군 제복은 벨스의 심복 부하가 실행범인 줄 알았는데…… 딸이었나. 뜻밖이군."

"왜 부하를 의심하신 겁니까?"

"영구 근신 처분을 받았더라도 벨스와 노르트는 완전히 관계가 끊어지진 않았을 거야. 하지만 사람들의 출입이 제한되어 있는 저택에 노르트 쪽 사람이 잠입하긴 어렵지. ……그렇다면 노르트와 벨스 사이에서 중간다리 역할을 하는 자가 있을 터. 그런 일은 보통 딸보다 부하들에게 맡기는 편이 자연스럽다고 생각했는데……. 알프, 실제로는 어떤가?"

로멜르는 알프에게 물었다.

이미 알프가 답을 갖고 있을 거라고 믿어 의심조차 않는 눈치였다. ……그것도 당연하다.

이미 알프는 로멜르의 지시에 따라 노르트와 벨스를 이간질하는 공작을 하고 있다. ……그 공작 과정에서 당연히 벨스 쪽 공작원도 파악하고 있을 거라고 생각했기 때문이다.

"말씀대로 아직 벨스와 노르트는 연결되어 있습니다. 그리고 이간질 공작을 하면서 확인했습니다만…… 보통 노르트와 벨스 사이에서 중단다리 역할을 하는 자는 벨스의 심복 부하인 아모스라는 남자였습니다."

"그렇군……."

"……제가 수사 중 한 가지 위화감을 느낀 것은 다른 은폐 공작에 비해 왕국군 제복을 빼돌린 경로가 허술했기 때문입니다. 발주서를 통해 살로메에게 도달하기까지가 너무 쉽더군요. 한편 자신이 잡힌 후 계획을 준비하고 있었다면 왕국군 제복을 빼돌린 문제에 대해서도 미리 준비할 수 있지 않았을까요?"

"아니…… 그건 불가능합니다."

알프의 물음을 부정한 것은 다름 아닌 루이였다.

"이번 림멜 공국의 요인이 타스멜리아 왕국에 오게 된 것은 아버님과 협상한 결과입니다. 최근에 결정된 그 일을 노르트 또는 코디스가 이용하려고 생각했다면 미리 준비하지는 못했을 겁니다."

"그렇군요……. 그러면 확실히 미리 준비할 방도는 없었던 겁니까."

"그렇습니다. ……이번 일은 어째서인지 노르트와 벨스가 손을 잡은 것을 알게 된 살로메의 폭주이거나, 아니면 그녀가 노르트와 접촉했거나…… 둘 중 하나가 아닐까 합니다. 물론 알프 말대로 은폐 공작이 허술했다면 살로메의 폭주일 가능성이 높습니다만. 그건 그렇고 이간질 공작은 어떻게 되어 가고 있습니까?"

"서신을 자주 주고받는 게 아니기 때문이 아직 몇 번 실행하지 못했습니다만…… 그래도 공작은 순조롭게 진행되고 있습니다. 일단 그들이 주고받은 편지는 공작 전에 모두 보관해 뒀으니 나중에 확인하시지요."

"그렇군."

"나중에 확인해 보시면 알겠지만 공작 전의 서신에 가젤 님이 관여되어 있지 않다는 사실을 확인할 수 있는 문구가 있습니다. ……그 밖에 잠입해 있는 자들로부터도 가젤 장군은 관여되어 있지 않다는 사실을 확인했다는 보고를 받았습니다."

"……그럼 철의 행방은?"

"어디로 흘러가고 있는지 확인했습니다. 일부를 림멜 공국 슬리거 공작령으로 옮기고 있는 것 같습니다만……."

"그건 각오하고 있던 일이야. ……이제 와서 분통을 터뜨려 봤자 어쩔 수 없지. 그럼 노르트와 코디스가 벨스와 결탁했다는 사실을 입증할 수 있는 물증은 찾았나?"

"수집하는 중입니다. 한 번에 들고 나오기가 어려워서 단계적으로 진행하고 있다고 합니다. ……베른이 현장에서 대응하고 있으니 안심하시지요."

"베른과 알프가 서로 협력하고 있다면 이보다 더 든든할 수는 없겠군. 계속해서 이간질 공작과 물증 회수를 진행하게. 벨스 측을 공격할 때…… 물증이 남아 있지 않도록. 그리고 노르트, 코디스 쪽에서 원군을 보내지 못하도록. 가장 두려운 건 둘이 연계하는 걸세. 벨스가 움직이는 동안 코디스가 이끄는 슬리거 공작가에 선동당해서 림멜 공국이 공격해 오기라도 하면 그야말로 큰일이니까."

"알겠습니다."

"그걸 전제로 가젤과 정보를 공유하고…… 철 문제는 가젤과 앤더슨 후작가의 호위대가 처리하게 하도록 하지."

"왕국군은 출동하지 않습니까?"

로멜르의 말에 알프가 고개를 갸웃거리며 물었다.

한편 로멜르는 그 물음에 살짝 미간을 찌푸렸다.

"왕국군을 움직이면 그야말로 사태가 표면화되지 않겠나? 나는 무술 쪽으로는 무지해서 잘 모르지만…… 호위대의 실력만으로는 대응할 수 없다면 아무리 생각해도 왕국군을 기용하지 않으면 안 되겠지. ……솔직히 될 수 있으면 호위대 선에서 이 일을 끝내고 싶다만."

"그렇군요……. 코디스 쪽에는 어떻게 대처할까요?"

"림멜 공국 일은 림멜 공국에 맡겨야겠지……. 하지만 솔직히 망설여지는군. ……협력 태세를 취하고 있긴 하지만 아직 연대가 완벽한 것은 아니야. 하물며 나름대로 거리가 있는 걸 생각하면 정보를 전달하는 데 아무래도 시간이 걸리지. ……시시각각 상황이 변화하는 가운데 완벽하게 연대하지 못한 상태로 움직이기는 어렵겠지. 만약의 경우 이쪽에서 전부 대처할 권리가 있다면 몰라도 그조차 없지 않은가."

"즉 주도권의 행방이 문제인 겁니까. 림멜 공국의 협력자는 어디까지나 림멜 공국을 위해 움직이는 분들입니다. 당연히 우리와는 지켜야 할 것이 다르고, 그 때문에 결코 지휘권을 넘겨주지 않겠죠. 협력 태세를 취하면서도 시간적인 제약이 있기 때문에 제휴도 불안합니다. 그런 와중에 불의의 사태가 벌어졌을 때 주도권이 없으면 강경하게 일을 진행할 수도 없고…… 최악의 경우 개별적으로 움직이다가 패할 가능성도 있지요."

"그래, 바로 그걸세."

"그렇다면 무리해서 협력할 필요는 없지 않을까요? 개별적으로 움직이다가 일이 커지는 건 피하고 싶기도 하고. 그렇다고 아무 통보도 없이 움직이면 앞으로 신뢰 관계에도 영향이 미칠 테죠. 그러니 림멜 공국과는 그린들 공작과 정보를 공유하며 이쪽의 주도로 움직이는 게 어떨까요?"

"그래, 아무래도 그게 최선이겠지. ……그런데 코디스는 어떻게 하지? 이쪽에서 결정한 걸 밀고 나가긴 어려울 텐데."

"그건…… 확실히 그렇겠군요."

잠시 그 자리에 정적의 장막이 드리워졌다.

로멜르도 루이도 자신의 생각에 몰두해서 각자 다른 방향을 향했고 알프는 그런 두 사람을 바라보았다.

그런 두 사람의 눈 밑에 숨기려야 숨길 수 없는 다크서클이 드리워져 있는 것을 알프는 비로소 깨달았다.

알프가 없는 동안 더욱 열심히 일에 몰두했는지, 두 사람치고는 보기 드물게 옷이 지저분해져 있었고 무엇보다 살도 조금 빠져 보였다.

"……역시 이 방법밖에 없나."

두 사람이 입을 다문 지 얼마나 시간이 지났을까.

먼저 침묵을 깬 것은 로멜르였다.

작은 중얼거림이었던 그 목소리는 정적에 감싸인 실내에 의외로 크게 울려 퍼졌다.

"알프, 베른과 연락할 수 있나?"

"네, 물론이지요."

로멜르의 시선이 알프를 향했다.

그 시선은 그저 진지한 것뿐만 아니라…… 어딘가 각오가 담겨 있었다.

"그렇다면 전하게. 슬리거 공작의 차기 가주를 마일스로 만들기 위해 커티스와 코디스를 말살하라고. 그에 따른 모든 책임은 이 타스멜리아 왕국의 재상 로멜르 지브 아르메리아가 지겠다고. ……

필요하다면 명령서도 작성해 주지."

알프는 살피듯이 로멜르를 물끄러미 응시했다.

그가 로멜르의 지시에 즉각 대답하지 않는 것은 매우 보기 드문 일이었다.

시험하는 듯한 그 시선에 로멜르는 불쾌함을 드러내지 않고 그저 조용히 그것을 받아들였다.

"……분명 커티스의 호위는 로멜르 님의 호위만큼 엄중하겠지요. 그런 상황에서 커티스와 코디스를 모두 말살하는 게 얼마나 어려운 일인지…… 로멜르 님이라면 알지는 못해도 상상하실 수는 있을 텐데요."

"그래. 알면서 하는 말일세. ……이 상황에서 내가 믿고 의지할 수 있는 건 알프와 베른뿐이야. 당연히 필요한 인원과 돈, 그리고 물자는 전부 마련해 주지. 그리고 이 지시의 결과에 따른 책임은 전부 내가 지겠네. ……어떠한 결과를 불러와도, 도중에 무슨 일이 생겨도. ……또 달리 확인하고 싶은 건 없나?"

"로멜르 님이 전부 책임지시겠다고 한다면 그런 것이겠지요."

알프는 부드럽게 웃었다.

그 인자한 웃음은 마치 사람의 마음을 안심시켜 주는 것 같았다.

"그래."

하지만 다음 순간, 그 얼굴은 로멜르의 긍정에 또다시 진지한 표정으로 바뀌었다.

"……그렇다면 저도 베른과 함께 움직이게 해 주십시오. 물론 현지에서 이간질 공작은 계속 속행하겠습니다. 이쪽은 제 믿을 수 있는 수하들에게 맡기도록 하지요."

"그래. ……부디 조심하게나."

"감사합니다. 필요한 물자는 스스로 조달하겠습니다. ……만약 무슨 일이 생기면 추후 연락드리지요."

"알겠네. ……루이."

"네, 물론이죠. 있는 힘을 다해서 원호하겠습니다."

"감사합니다, 루이 님."

그리고 알프는 길을 떠났다.

제13장
공작 부인, 진실을 알다

림멜 공국의 요인들이 귀국한 후 일주일 동안, 아무 일도 일어나지 않은 채 시간은 지났다.

아니…… 어쩌면 사실은 물밑에서 무슨 일이 일어나고 있을지도 모르지만 표면화되지 않고 지나갔다.

림멜 공국에서 온 손님들은 무사히 돌아갔고, 나라 안의 분위기도 조금씩 차분함을 되찾았다.

그와 동시에 이 림멜 공국 문제 때문에 잠시 떠났던 학생들이 모두 학원으로 돌아왔다.

마침 아침 식사를 할 수 있는 시간대였기 때문에 짐을 내려놓고 식당으로 향했다.

아침 식사는 반드시 식당에서 먹어야 하는 게 아니기 때문에 식당 안은 한산했다.

자리에 앉은 후 별다른 기다림 없이 식당 종업원이 내 앞에 아침 식사가 담긴 접시를 내려놓았다.

"안녕."

막 식사를 하려던 그때 샬리아가 맞은편 자리에 앉았다.

"어머, 안녕."

나는 일단 포크와 나이프를 내려놓고 물끄러미 샬리아를 바라보았다.

"파티 드레스, 정말 멋졌어. 같은 드레스인데 도중에 분위기를 확 바꾸는 시도도 굉장히 재미있었고. 역시 메를리스야."

"그렇게 말해 주니 다행이다. 도전이 조금 지나친 건 아닐까 걱정했거든."

"어머…… 그랬니?"

샬리아는 의외라는 듯이 눈을 동그랗게 떴다.

"……나도 한 가지 물어봐도 돼?"

마침 샬리아의 식사가 나왔다.

나는 나이프와 포크를 들고 기도를 한 후 음식을 먹기 시작했다.

한 입 베어 문 후 나이프와 포크를 내려놓았다.

"묻고 싶은 게 뭔데?"

"너 왜 그 파티에서 춤을 춘 거니?"

내 질문에 샬리아는 한순간 굳어 버렸다.

누구라고는 말하지 않았다.

무엇보다도 질문 자체가 명확하지 않다.

그래도 샬리아는 곧 질문의 의도를 알아차린 듯했다.

눈에 띄게 동요를 감추지 못하는 모습이 귀여웠다.

"그건…… 저어, 그쪽에서 청하는 바람에."

그리고 그녀는 얼굴을 살짝 붉히며 쥐어짜는 듯한 가냘픈 목소리로 대답했다.

그 모습에 나는 한숨을 쉬지 않을 수 없었다.

대체 어느새 그렇게 진전된 걸까.

……그녀의 태도를 보아하니 자각이 있는지 없는지는 모르겠지만…… 아주 싫지는 않은 눈치다.

그래서 더욱 못 본 척 넘어갈 수 없었다.

그녀의 마음은 이루어지기 어렵고 이루어진다 해도 고난이 기다리고 있을 테니까.

그걸 알면서도 막을 수 없었다.

……그것은 샬리아의 성격을 알고 있기 때문이기도 하지만 무엇보다 가장 큰 이유는 자신이 그랬기 때문이었다.

루이와 약혼하기 전…… 그를 좋아하는 마음이 점점 쌓여서 괴로워하고, 현실과의 괴리를 생각하며 괴로워하고, 그리고 자신이 걸어가고자 하는 길이 그의 길과 겹치지 않는 것에 괴로워했었다. 그때를 생각하면 멈추는 게 얼마나 힘든 일인지 알 수 있다.

"……멋대로 이런 부탁을 해서 미안하지만 절대 혼자 고민하지마. 혼자 괴로워하지 마."

그렇게 생각하며 입 밖으로 흘러나온 중얼거림에 샬리아는 웃었다.

아름답고 눈부시게.

"고마워, 메를리스."

식사를 마친 후 우리는 식당을 나와 학습동으로 향했다.

오랜만의 수업은 학원을 쉬었던 사람이 많은 탓인지 쉬기 전과 진도가 크게 다르지 않았다.

그 대신 뒤떨어진 진도를 보충하기 위해 수업은 평소보다 더욱 스피디하게 진행됐다.

수업이 끝난 후 나는 기숙사로 돌아가지 않고 학습동 빈 교실의 특

등석에서 기사과에 소속되어 있는 사람들이 단련하는 모습을 바라보았다.

"……재미있니?"

인기척이 느껴진다 했더니 샬리아였나……. 휴우 안도의 숨을 내쉬었다.

"응, 재미있어. 가끔 의외의 움직임을 볼 수 있어서 공부가 돼."

"저어, 루이 님은 네가 검술을 한다는 걸……."

"이해해 주고 있어. ……오히려 나답게 살았으면 좋겠다고 말해 줬어."

"……멋지다."

샬리아는 작게 중얼거렸다.

그 목소리에서 어딘가 쓸쓸함이 느껴진 건 결코 기분 탓은 아닐 것이다.

"너는 왜 그 사람에게 끌렸니?"

"끌리다니 무슨……."

"어라, 아니야? 내 눈에는 그렇게 보이던데."

샬리아는 내 말에 작게 한숨을 쉬며 웃었다.

"이유가 필요해?"

"응?"

"누군가를 좋아하는데 이유가 필요해?"

샬리아의 말에 나는 저도 모르게 웃고 말았다.

"그래. ……어떤 이유를 늘어놔도 결국 나중에 갖다 붙인 것에 불과해. 계기가 뭐든 좋아하게 되면 결국 그뿐이니까."

"응. ……나 절대 좋아할 일은 없을 거라고 생각했어. 오히려 약혼자가 없는 건 그 사람을 노리기 때문이라고 오해하는 사람들 때문에 짜증이 났을 정도야. 게다가 한때 널 탐색하는 것 같아서 경계하고 있었는데…….”

샬리아는 작게 웃었다.

“메를리스 너한테 그 사람의 움직임을 얘기한 후부터였을까…….
우연히 그와 얘기를 나누게 됐어. 시간이 지날수록 어느새 함께 있는 게 즐거워졌지. 어처구니없지만…… 곁에서 미력하나마 힘이 되어 주고 싶다는 생각이 들었어. 언젠가 무거운 책임을 짊어지게 될 그 사람을. ……그게 좋아한다는 감정이라는 걸 깨달을 때까지 그리 오랜 시간은 걸리지 않았어.”

“그걸 나 말고 다른 사람한테 상담한 적 있어……?”

“이런 얘길 어떻게 털어놓겠어. 궁전의 동향에 대해 메를리스만큼 자세히 알지는 못하지만…… 그래도 나 역시 일단은 백작가의 딸. 어느 정도는 이해하고 있어. 나의 이 마음은 그 사람에게 폐가 될 거야.”

샬리아는 한순간 어두운 표정을 지었다.

하지만 그것은 이윽고 진지한 표정으로 변화했다.

그 옆얼굴은 같은 여자지만 넋을 잃고 바라볼 만큼 아름다웠다.

“그러니까 됐어. ……난 만족해. 결코 아름답기만 하지는 않지만 그래도 이토록 누군가를 간절히 바라는 마음을 알게 돼서. ……나는 그 사실에 감사하고 있어.”

샬리아의 굳은 의지는 정말로 존경스럽다.

……나는 온갖 난리를 치며 주위에 민폐를 끼쳤는데.

한편으로 샬리아의 말은 샬리아답지 않다는 생각도 들었다.

평소의 샬리아라면 설령 앞날에 고난이 닥치더라도, 후회할 가능성이 있다 해도, 각오하고 앞으로 나아갔을 것이다.

그러면 변할 거라고 믿으며. 변하지 않는 것은 없다고 믿으며.

……그러나 지금 샬리아는 앞으로 나아가는 것조차 주저하는 것 같았다.

앞으로 나아가는 것을 두려워해서 스스로 자신의 마음과 타협하려 하고 있다.

하지만 나는 굳이 그 말을 하지 않았다.

여기서 왈가왈부하는 것은 무책임하기 짝이 없는 짓이니까.

애초에 상대는 왕족……. 가볍게 생각을 입에 담을 수 없다.

설령 마음을 고백하고 좋은 대답이 돌아온다 해도 그 앞에는 분명 고난이 기다리고 있을 것이다.

그래서 가볍게 응원할 수 없었다.

"네가 어떤 선택을 하건 너는 나의 소중한 친구야. 온 힘을 다해서 널 지켜 줄게."

"어머나……. 후후후, 내게 최강의 호위가 생겼네. 왠지 네가 남자라면 사교계가 발칵 뒤집혔을 것 같아. 분명 그 사람과 둘이서…… 아니, 그 사람보다 더 많은 여성이 너의 마음을 얻고 싶어서 곁을 떠나지 않을 거야."

"후후후…… 과연 그럴까. 어쨌든…… 네가 너인 한 나는 너를 지킬 거야. ……그렇게 결정했어. 그걸 잊지 마."

"응, 고마워, 메를리스."

샬리아는 살짝 눈물을 글썽이면서도 아름다운 미소를 지었다.

† † †

그로부터 2주일이 지났다.

여전히 루이는 만나지 못했다.

그뿐인가, 학원에서 모습을 본 적조차 없다.

요즘 바쁜 모양인지 아직도 아르메리아 공작가에 머물며 왕궁과 저택을 오가고 있다고 한다.

……적어도 건강에는 신경을 쓰면 좋을 텐데.

틀림없이 루이는 그것마저 잊고 일에 몰두하고 있겠지. 왠지 상상이 간다.

나는 도서관에 와 있었다.

시험 기간에는 꽤나 사람이 많았던 이 도서관도 지금은 한산하다.

특히 학술서가 놓여 있는 구역은 더욱 한산해서 주위에 한 사람도 없었다.

추적추적 빗소리가 희미하게 귀에 들려와서 문득 책을 찾던 손을 멈추고 창밖을 내다보았다.

잔뜩 찌푸린 하늘. 그리 늦지 않은 시간인데도 이미 어둑어둑했다.

음울한 하늘은 마치 내 마음을 나타내는 것 같아서 어쩐지 마음이 무거웠다.

……림멜 공국 요인 습격 미수사건은 무사히 미연에 방지하고 요인들은 공국으로 돌아갔는데.

왠지 개운치 않은 끝이었다.

왕국군 제복을 빼돌린 인물, 그리고 습격에 협력한 자를 알아내지 못한 채 끝났기 때문이다.

게다가 향후 타스멜리아 왕국 귀족들의 판도 변화도 마음에 걸린다.

……샬리아의 사랑의 행방은 그런 의미에서도 결코 남의 일이 아니다.

마치 직물 같다.

수많은 사람이 실처럼 복잡하게 얽혀서 만들어 내는 이 상황이.

그리고 지금 이 상황은 실을 잘못 꿰어 버린 결과 무질서하게 얽혀 버린 것이나 다름없다.

그걸 풀지 않으면 안 되는데 너무 복잡하게 얽혀 있어서 매듭조차 찾을 수 없고 어디서부터 풀어야 할지도 알 수 없는…… 그런데도 베틀은 계속해서 직물을 짜고 있는…… 그런 상황.

그 풀어야 하는데 풀 방도를 알 수 없다는 사실이 나를 가장 초조하고 신경이 곤두서게 만들었다.

"어머나…… 안녕하세요, 전하."

그때 문득 인기척을 느끼고 뒤를 돌아보자 낯익은 금발이 보였다. ……바로 에드거 왕자였다.

차마 무시하지 못하고 숙녀답게 예를 표했다.

"오랜만이군, 메를리스."

"네, 그러네요. ……지난번 연회에서도 저와 전하가 이야기를 나눌 기회는 없었으니까요."

"아…… 그러고 보니."

견제를 겸한 내 말에도 그는 지극히 태연했다.

무슨 뜻인지 알아차렸을 텐데 정말 만만치 않은 남자다.

"전하께서는 이곳에 자주 오시나요?"

"음. 정무 수업이 없을 때는 반드시 이곳에 오지."

그렇게 말하며 그는 가까운 책장에서 책을 찾기 시작했다.

나도 그에게서 책장으로 다시 시선을 돌려 다음에 읽을 책을 찾았다.

"……전하, 죄송하지만 한 말씀 드려도 되겠습니까?"

시선을 책장에 고정한 채 나는 물었다.

본래는 무례한 행위였지만 에드거 님은 딱히 신경 쓰지 않고 계속 책을 찾고 있었다.

"괜찮아. ……뭐지?"

"저에게 '그녀'는 아주 소중한 사람이랍니다."

그것은 그야말로 못을 박는 것이나 다름없는 말이었다.

한순간 에드거 님의 몸이 움찔 흔들렸다.

"전하의 마음 자체를 물을 생각은 결코 없습니다. ……하지만 불장난을 하고 싶으신 거라면 제발 더 이상 그녀에게 다가가지 말아주세요. 그리고 진심이라 해도……."

흘낏 에드거 님을 바라보았다.

시선은 여전히 책장을 향하고 있었지만 그는 책을 읽던 손을 멈추고 대신 팔짱을 낀 채로 묵묵히 내 말에 귀를 기울였다.

"제발 그녀를 상처 입히지 마세요. ……아시다시피 현재 궁 안의 상황은 조금 좋지 않아요. 그런 상황에서 여차하면 그녀를 놓아 버릴지도 모르는…… 그 정도 마음이라면 지금 당장 그녀를 놓아주세요."

"만약 그럴 생각이 없다면?"

"……그렇다면 제가 드릴 수 있는 말은 없지요. 그저 그녀를 지켜볼 뿐."

"그렇군……."

에드거 님은 한동안 그저 조용히 그 자리에 서 있었다.

다른 사람…… 그것도 왕족의 마음에 흙발로 성큼성큼 들어간 것이나 다름없는 무례한 짓을 저질렀는데도 그는 화를 내지 않는 눈치였다.

"사이가 좋군."

오히려 의외의 반응이 돌아와서 솔직히 조금 놀랐다.

"아, 네에…… 그거야 뭐. 그녀는 제게 무척 소중한 사람이니까요."

"그래서인가……."

그답지 않은 작은 중얼거림이었다.

"……아니, 아무것도 아니야. 순수하게 친구를 생각해서 나한테 의견을 말하다니……."

어이없어하는 걸까, 아니면 역시 화가 난 걸까……. 그 목소리에서는 그의 심정을 읽어 낼 수 없었다.

그래서 그가 어떻게 나올지 살피듯 침묵을 지켰다.

"아…… 친구를 생각해서 한 말에 화를 낼 만큼 속이 좁진 않아. 그저 순수하게 재미있는 것뿐이야."

그러십니까…… 라는 말이 목구멍까지 튀어나왔지만 결국 입 밖에 내지는 않았다.

더 이상 이 얘기를 계속할 생각은 없는 걸까, 대화는 거기서 끊겼다. 그는 팔짱을 풀고 또다시 책을 찾기 시작했다.

"그럼 저는 이만 실례하겠습니다."

"그래."

마침 찾고 있던 책을 발견한 나는 그대로 그 책을 들고 그 자리를 떠났다.

† † †

한편 그 무렵, 앤더슨 후작가 별저에 위치한 가젤의 서재는 기이한

긴장감에 감싸여 있었다.

"……그렇군. 벨스가……."

로멜르에게서 모든 경위를 들은 가젤은 침울한 얼굴로 고개를 떨궜다.

"……미안하지만 이번 일은 왕국군을 동원할 수 없네. 물론 위험해질 경우에 대비해서 대기시켜 두긴 하겠지만……. 싸움에 참가시켰다가 큰일이 벌어지기라도 하면 이 일은 벨스만의 문제가 아니게 될 거야."

"……내 목 따위는 이 나라에 얼마든지 내어 줄 수 있는데. 오히려 안 그러면 이치에 어긋나지 않은가."

"진심으로 하는 말인가?"

"그래. ……나는 이제 왕국군 병사들의 얼굴을 볼 면목이 없다네. 이 나라를 지키기 위해 져 버린 부하들을 생각하면 어찌 계속 장군 자리에 앉아 있을 수 있겠나."

"물론 맞는 말씀입니다만 아버님, 지금은 우선 눈앞의 싸움이 중요합니다. 일을 크게 만들기 이전에 왕국군의 대규모 이동은 피하는 것이 좋겠지요. ……트와일 국이 파고들 틈을 주게 될 테니까요. 게다가 앤더슨 후작가에 내분이 일어났다는 걸 알면 언제 움직여도 이상하지 않습니다. 그렇게 생각하면 국경 경비를 맡고 있는 왕국군은 당연히 움직일 수 없습니다. 왕도에 주둔하고 있는 병력을 움직일 수밖에 없죠. 하지만…… 이것도 대규모로 움직이면 정보가 새어 나갈 우려가 있습니다. 그러니 역시 우리 앤더슨 후작가와 호위대만으로 처리하는 것이 이상적일 겁니다."

파커스의 말에 가젤은 자포자기한 듯이 고개를 끄덕였다.

"그래, 자네 말이 맞네, 파커스. 이 문제는 우리끼리 처리하도록 하지. 뭐 우리 가문 사람이 저지른 짓은 가문에서 책임지는 게 당연하다만. 로멜르, 루이. 철이 있는 곳에 대한 정보는 갖고 왔겠지?"

"아, 그래…… 물론이지."

로멜르의 대답에 가젤은 파커스를 바라보았다.

"파커스."

"알겠습니다. 그럼 로멜르 님, 루이 님. ……저쪽에서 제게 그 정보에 대해 알려 주시겠습니까. 그리고 물자 문제도 상담을 하고 싶군요."

"아, 그래……. 그럼 루이, 네가 가거라."

"네."

그리고 파커스와 루이는 방을 나갔다.

"……이봐, 가젤."

"뭐지?"

"아마…… 아니, 대답은 상상이 가지만 만약을 위해 묻겠네. 메를리스는 어떻게 할 거지?"

"어떻게 하다니……. 이 작전에 참가시키고 싶단 말인가? 아니면 파혼을 원하는 건가?"

가젤의 물음에 로멜르는 벌컥 화를 내는 대신 차가운 시선을 던졌다.

그것이 오히려 로멜르의 분노를 여실히 말해 줬다.

"바보 같은 소리 하지 마. ……루이가 그걸 바랄 것 같나. 오히려 그 아이를 잃고 싶지 않아서 움직이고 있는데."

가젤은 로멜르의 대답에 안도의 숨을 내쉬었다.

"내가 정말 좋은 사위를 뒀군. ……참가시킬 건지 아닐 건지 묻는 거라면, 당연히 참가시키지 않을 걸세."

"……그래도 괜찮겠나?"

"당연하지 않나. ……그 녀석은 내 소중한 딸이지만 이번 일에 참가시킬 수는 없어. 그 녀석은 이제 아르메리아 공작가의 사람이야. 그 녀석이 참가하면 아르메리아 공작가에 불똥이 튀지 않겠나?"

"그건……."

"그러니까 그 녀석은 부르지 않겠네."

"……그렇군."

로멜르는 더 이상 아무 말도 하지 않았다.

굳이 말하지 않아도 그의 대답이 거절이라는 것을 그에게서 뿜어나오는 분위기만 봐도 알 수 있기 때문이었다.

"그건 그렇고 자네 시간은 괜찮나? 그리고 루이도."

"응?"

"시간 말이야, 시간. ……파커스 말인데, 아마 얘기가 길어질 거야. 지금 그 녀석은 루이의 얘기를 들으며 작전을 세우고 있을 테니까. 끝나려면 얼마나 시간이 걸릴지 나도 몰라."

"……그럼 난 먼저 가 보겠네. 루이는 여기 있게 해 주게. 작전을 세우는 모습을 볼 기회는 그리 흔치 않아. ……좋은 경험이 되겠지."

"그렇군. ……알겠네."

그리고 로멜르는 루이를 두고 먼저 돌아갔다.

한편 루이는 그로부터 3일 동안 파커스의 집무실에서 나오지 않았다.

실내에 있는 것은 루이와 파커스, 그리고 호위대 두 사람.

그렇게 넷이서 루이의 정보를 토대로 앞으로 어떻게 움직일지 작전을 세웠다.

이따금 식사를 나르는 메이드만 드나들 뿐, 네 사람은 줄곧 실내에 틀어박혀 있었다.

　그리고 사흘째가 끝나갈 무렵…….

　루이와 파커스, 그리고 호위대 두 명은 초췌한 얼굴로 가젤의 방에 들어왔다.

　"……좋은 그림은 그렸나?"

　"네. 아버님, 이게 이번 작전서입니다. 한 번 읽어 보시죠. 그리고 질문할 게 있으면 뭐든 물어보십시오."

　"그러지. ……다들 수고했네. 루이 공까지 끌어들여서 정말 미안하군. 오늘은 우리 집에서 쉬고 내일 돌아가게나."

　"아뇨, 괜찮습니다. 집이 가까우니 전 이만 돌아가겠습니다. ……인사도 제대로 못 드려서 죄송하지만 이만 실례합니다."

　루이는 가젤의 제안을 거절하고 그대로 방에서 나왔다.

　루이가 로멜르의 보좌로 많은 일을 하고 있다는 사실을 아는 가젤과 파커스는 그를 붙잡지 않고 그대로 보냈다.

　"오늘도 돌아가서 계속 일을 하려나?"

　창문 너머 마차가 멀어져 가는 모습을 바라보며 가젤은 멍하니 중얼거렸다.

　"아마도."

　그 옆에서 가젤과 함께 루이를 지켜보던 파커스는 가젤의 중얼거림에 반응하며 대답했다.

　"……정말 애쓰는군. 나도 본받아야겠는걸. ……뭐 요즘 나이를 먹으니 몸이 삐걱거려서 아무래도 흉내 내기 힘들겠지만."

　"저도 많은 공부가 됐습니다."

　그렇게 말하며 파커스는 창문에서 떨어져서 응접용 소파에 앉았다.

"파커스."

"네."

"……로멜르와 루이는 그렇게 말했지만…… 역시 이번 일은 나도 처벌을 받지 않으면 안 된다."

"차기 공작인 저도 당연히 그렇겠죠."

"아니, 하지만 파커스 너는……."

"이 땅에서 저만 벌을 받지 않는 건 말도 안 된다고 생각합니다만."

머뭇거리는 가젤에게 파커스는 어디까지나 담담하게 대답했다.

무엇보다도 단호하게 말하는 파커스의 눈동자에는 각오의 빛이 깃들어 있었다.

"……그래. 네 말이 맞다. 앤더슨 후작가의 막을 내리자꾸나. 일족 모두 이걸 마지막 싸움으로 정하고 모든 걸 끝내자."

그렇게 말하는 가젤은 작게 웃고 있었다.

그 미소는 평소 그를 형용할 때 결코 사용하지 않는 '덧없음'이라는 말이 몹시 잘 어울렸다.

"메를리스는 어떻게 하실 겁니까?"

문득 파커스가 가젤에게 물었다.

"그 아이는 이미 아르메리아 공작가 사람이다. 그러니까 그쪽 가문에서 행복하게 살 수 있다면…… 그걸로 됐어."

"……그렇군요."

그리고 파커스도 로멜르의 말에 동의하며 체념과도 같은, 그러나 각오가 담긴 덧없는 미소를 짓고 있었다.

그로부터 이틀 후.

로멜르는 훈련장에 모든 호위대를 집합시켰다.

"모두 주목!"

로멜르의 등장에 호위대 대장 갈리아가 외쳤다.

순간 대원들은 자세를 바로잡았다.

그 앞에 선 가젤은 그런 그들의 움직임을 바라보고 있었다.

"너희는 앤더슨 후작가의 송곳니. 앤더슨 후작가의 자랑. 따라서 너희의 사명은 내 목숨을 지키는 것만이 아니다. 나를 따라서 앤더슨 후작가에 해가 되는 자들을 섬멸하는 것이다."

찌릿찌릿. 공기가 흔들린다.

결코 소리를 지르는 것은 아니다.

그런데도 제일 뒷줄에 서 있는 자들조차 마치 말하는 사람이 눈앞에 있는 듯한 착각이 들 만큼 또렷하게 그 목소리를 들을 수 있었다.

꿀꺽. 누군가가 마른침을 삼키는 소리가 유난히 크게 울려 퍼졌다.

"적은 벨스. 과거 나의 '동생이었던' 자다."

한순간 가젤은 고개를 숙였다.

그 동작에서 그의 망설임이 느껴져서 그를 바라보던 호위대 대원들은 모두 동요했다.

"하지만……."

그러나 그렇게 중얼거리며 고개를 들었을 때…… 가젤의 표정에 망설임은 없었다.

그 눈동자에는 전의와 함께 각오의 빛이 깃들어 있었고 이 자리를 지배할 만큼 위압감이 풍겼다.

"망설이지 말아라! 겁내지 말아라! 나는 주저하지 않는다. 망설이지 않는다. 지금부터 마주칠 적들을, 내 앞길을 가로막는 적들을, 모조리 쓰러뜨려라! 앤더슨 후작가를 해치려는 자들에게 공포를 심어 줘라! 앤더슨 후작가의 송곳니여, 내 뒤를 따르라. 나와 함께 모든 적을 섬멸하자!"

그 호령은 호위대의 불안을 불식시키고도 남았다.

모두가 당당하게 외치는 그의 존재감에 압도당했다. 그리고 그 말에 전의를 불태웠다.

"가자!"

호위대는 검을 높이 들어 응답했다.

그리고 가젤은 앞으로 나아갔다. ⋯⋯자신의 동생과 싸우기 위하여.

마지막이라고 정한 전장으로.

† † †

에드거 님과 도서관에서 마주친 후 2주일이 지났다.

나는 아직도 루이를 만나지 못했다.

마지막으로 만난 날이 마치 까마득한 옛날처럼 느껴진다.

⋯⋯지금까지도 그렇게 자주 만났던 건 아닌데.

그런데 왜 이렇게 쓸쓸하고 불안한 걸까.

그런 의문과 우울함을 떨쳐 버리기 위해 훈련에 열중했다.

아무도 없는 이곳에는 내가 검을 휘두르는 소리만이 울려 퍼졌다.

훈련을 마치고 방에서 옷을 갈아입은 후 학습동으로 향했다.

"아⋯⋯."

그리고 도중에 요즘 계속 만나지 못했던 루이를 발견했다.

루이도 나를 발견했는지 성큼성큼 가까이 다가왔다.

"어머나⋯⋯ 루이 님. 안녕하세요. 무슨 일이신가요?"

이 복도에는 당연히 나 말고 다른 학생들도 있었기 때문에 나는 일부러 평소 사용하지 않는 정중한 말투로 말을 건넸다.

"메를리스, 잠깐 얘기 좀 할까?"

수업 직전이었지만 그에게서 풍기는 초조함과 진지함에 나도 모르게 고개를 끄덕였다.

"네, 네에…… 물론이죠."

그리하여 나는 루이에게 이끌려 교문으로 향했다.

"……자, 잠깐. 어디 가는 거야?"

교문 앞에 세워 둔 마차에 올라탄 후 나는 그에게 물었다.

"……이번 일, 범인을 알았어."

"림멜 공국 사람이야? 아니면 타스멜리아 왕국?"

"둘 다."

"그래……? 다행이다. 대체 누가…….."

"……자세한 얘기는 아르메리아 공작가에 도착한 다음 해 줄게. 여기서 얘기하면 누가 들을지도 몰라."

"아, 알았어…….."

숨 막히는 분위기 속에서 마차는 달렸다.

아르메리아 공작가에 도착한 후 루이는 곧장 나를 서재로 데려갔다.

로멜르 님은 그곳에 없었다.

"……거기 앉아. 얘기가 기니까."

나는 시키는 대로 의자에 앉았다.

"그래서? 이번 림멜 공국의 요인을 노린 사건의 범인은 누구였어? 그리고 협력자는?"

"……슬리거 공작가의 장남 코디스 슬리거. 그가 이번 사건을 꾸민 장본인이야."

"코디스 슬리거? 이번에 우리 나라를 방문한 요인들 중에는 없던 사람이네."

"처음부터 전부 얘기할게. 먼저 내 얘기를 들어 줘."

그리고 그의 입에서 흘러나온 것은 지금까지 알려지지 않은 로멜르 님과 루이의 공적.

림멜 공국의 온건파와 중립파, 그리고 강경파와 각각 접촉하고 교섭한 이야기.

탤벗 백작의 배신과 발각, 그 대처.

"……그래서 로멜르 님은 한동안 림멜 공국에 계셨던 거구나."

"응."

루이의 말은 또다시 이어졌다.

로멜르 님이 림멜 공국에 대처하고 있을 무렵, 로멜르 님의 업무를 대행하던 루이는 앤더슨 후작가 조사를 맡게 되었다.

그 조사 내용은 벨스 숙부님이 횡령한 철의 행방.

"숙부님이 철을 횡령해? 설마…… 숙부님은 그걸 무기로 만들어서……?"

"그래."

루이의 긍정에 온몸의 힘이 빠져나가는 듯한 심정이었다.

비밀리에 무기를 대량 준비하다니…… 아무리 애써도 생각은 나쁜 방향으로만 흘러간다.

"네가 지금 이 얘기를 하는 걸 보면…… 혹시 둘이 연결되어 있어?"

이제는 웃음마저 나왔다.

나의 반응에 루이는 한순간 얼굴을 일그러뜨렸다.

"응. ……전부 코디스 슬러거의 손바닥 위였던 셈이야."

"전부?"

"전부. 바스칼 공작가에 인신매매를 부추긴 상인을 보낸 것도, 타스멜리아 왕국에 방문한 공국의 공작과 가족들을 모두 죽이려고 한 것도…… 그리고 벨스 공과 공모한 것도, 전부 코디스야."

"그렇구나……. 일부 철이 림멜 공국으로 흘러들어 갔다는 얘기는 들었지만 그 외에는 아직 앤더슨 후작가에 남아 있다고 생각해도 될까?"

"응, 그래. 숨겨 놓은 장소도 알아냈어."

"즉 숙부님은 앤더슨 후작가의 가주라는 지위…… 아니, 그뿐만이 아니야. 림멜 공국과 공모해서 타스멜리아 왕국의 왕위 찬탈을 노리고 있다, 이렇게 생각해도 될까?"

내 물음에 루이는 조금 망설이며 고개를 끄덕였다.

"아버님은 이 일을 알고 계셔?"

"……말씀드렸어. 우리 아버님이 가젤 님께."

"그렇구나……. 아버님의 성격상 분명 혈족의 잘못은 스스로 해결하려고 하시겠지."

아버님은 직접 움직일 것이다.

그것도 결코 왕국군의 인원을 움직이지 않고.

……비록 수적으로 압도적으로 불리한 입장에 서더라도.

아니…… 그뿐인가, 압도적으로 불리한 입장이라는 걸 알게 된 순간, 호위병마저 물리치려 할 것이다.

"……미안해, 루이."

나는 살며시 일어서서 루이를 끌어안았다.

루이는 내 등에 손을 얹으며 그런 나를 받아들였다.

"미안해…… 루이."

다시 한번 똑같은 말을 되풀이했다.

"……뭐가, 메리."

불리한 싸움이겠지만 그래도 아버님은 누군가에게 도움을 청하지 않을 것이다.

그런 아버님을 나는 내버려 둘 수 없다.

그리고 설령 숙부님과 그 일파를 성공적으로 물리치더라도 앤더슨 후작가의 이름은 땅에 떨어질 것이다.

나는 루이의 아내…… 아르메리아 공작가 차기 가주의 약혼녀에는 더 이상 어울리지 않는다.

"나 앤더슨 후작령에 갈게. 지금 아버님께는 한 사람이라도 전력이 많은 게 좋을 테니까."

"……안 돼."

루이의 말에 놀라서 고개를 들었다.

"이미 가젤 님은 움직이기 시작했어."

그 말에 나는 저도 모르게 굳어 버렸다.

"로멜르 님이 아버님께 이 사실을 알린 건 대체 언제지……?"

"……2주일 전에."

"뭐……! 왜 그때 알려 주지 않았어!"

"가젤 님이 부탁하셨어. ……너한테 말하지 말라고. 아르메리아 공작가로 시집가는 너를 앤더슨 후작가의 사정에 끌어들이고 싶지 않다면서."

"앤더슨 후작가의 명운을 멀리서 손가락 물고 지켜보란 말이야……? 소중한 사람들이 전장에 나가는데 왜 나는……."

그렇게 말하며 나는 고개를 숙였다.

아버님이 어째서 그런 부탁을 했는지 이유는 알고 있다.

최소한 나만은 앤더슨 후작가가 지은 죄를 짊어지지 않도록 배려한 선택이라는 것도.

하지만 그러면 내가 아무렇지도 않을 거라고 생각했나.

그럴 리가 없잖아.

분해서 눈물이 흘러내렸다.

……달려가고 있는데.

……소중한 사람들이 지금 이 순간에도 싸우고 있는데.

나는 혼자 아무것도 모른 채 이곳에서 평범한 일상을 보내고 있었다.

아버님과 오라버니의 다정한 바람은 알고 있지만…… 그래도 모두가 싸우는 와중에 아무것도 할 수 없는 나 자신이 저주스러웠다.

그리고 무엇보다도…… 모두가 걱정됐다.

그의 손이 살며시 내 뺨에 닿았다.

눈물을 닦아 주는 그 손길을 얌전히 받아들였다.

나는 문득 고개를 들었다.

"너는 왜…… 이제야 내게 사실을 알렸지?"

그 물음에 그는 한순간 시선을 떨궜다.

"……뭔가 있구나?"

그런 그를 추궁하듯 물끄러미 응시했다.

처음에는 결코 시선을 맞추려고 하지 않았지만…… 이윽고 그는 작은 한숨을 내쉬며 또다시 나를 바라보았다.

"노르트가 움직이려는 낌새를 보이고 있어."

"……설마 숙부님과 손을 잡고?"

"아니……. 그랬다면 진작 움직였겠지. 만약 벨스와 손을 잡고 있다면 이미 움직이고 있어야 시간에 맞출 수 있을 테니까. 이미 가젤 님이 벨스를 공격하고 있어. ……벨스를 구출하기 위해서라면 더 더욱 그렇지. 에이블의 보고를 생각하면 틀림없이 노르트의 폭주일 거야."

"폭주……."

"그래. 코디스가 이쪽이 진행하고 있는 노르트와 벨스의 이간질 공작에 위화감을 느낀 모양이야. 그리고…… 노르트를 잘라 내려 했지. 그 결과 노르트가 폭주…… 커티스의 명령을 가장해서 슬리 거 공작가의 병사들을 움직여 타스멜리아 왕국으로 향하고 있어. 그동안 비밀리에 모은 용병들과 함께……. 그 숫자를 모두 합치면 작은 나라의 경우 한 국가의 병력과 맞먹는다고 하더군."

"……아버님은 숙부님 문제로 앤더슨 후작령에 매달려 계실 테니 무리겠지. 오라버니는?"

"철의 행방에 대한 정보를 공유한 뒤 적을 빠짐없이 처리할 수 있 도록 작전을 세워 주셨어. 그리고 지금은 전선에 나가 계신 가젤 장 군님 대신 후방에서 전체적인 지휘를 맡고 있지."

오라버니답구나. 나는 작게 웃었다.

그리고 동시에 어째서 루이가 내게 이 얘기를 했는지 깨달았다.

앤더슨 후작가의 혈족이 일으킨 사건이니만큼 공연히 말려드는 사람은 적으면 적을수록 좋다.

그리고 무엇보다도 왕국군을 림멜 공국에 보낼 수는 없다.

그 순간 전쟁에 돌입할 가능성마저 있으니까.

……그렇기 때문에.

아버님과 루이는 선택한 것이다. ……왕국군이 아닌 나를 보내기 로.

"······두려워하지 마."

그렇게 말하면서도······ 사실은 나야말로 두려웠다.

이길 수 있을까······. 아니, 반드시 이겨야 한다.

앤더슨 후작가의 긍지를 걸고.

하지만 설령 살아서 돌아온다 해도, 이긴다 해도······ 그의 품으로 돌아올 수 있을지는 모르겠다.

앤더슨 후작가의 이름은 벨스 숙부님과 함께 땅에 떨어질 테니까.

그러니까 돌아왔을 때 내 자리는 여기 없을 것이다.

그에게, 그리고 아르메리아 공작가에 나는 방해가 되는 존재일 뿐이니까.

아무리 원해도, 아무리 그를 사랑해도······ 그것만으로는 결코 넘을 수 없는 벽.

그것이 너무나 두려웠다.

"나 꼭 살아서 네 곁으로 돌아올게. ······내가 돌아올 곳은 남편인 네 곁밖에 없으니까."

그래서 나는 말했다.

루이에게 들려주는 것 같지만······ 사실은 나 자신에게 들려주기 위한 그 말을.

아무에게도 넘겨주고 싶지 않아.

그는 나의 것. ······내가 돌아올 곳은 여기뿐.

"당연하지. ······나는 널 놓아줄 생각이 없어."

루이는 나의 그 얄팍한 심정을 모두 꿰뚫어 보고 있을 텐데도, 아니, 오히려 그렇기 때문에 더더욱······ 내게 그렇게 말해 줬다.

"루이······."

"함께 달려갈 수는 없지만 내 마음은 너와 함께 있어. 네가 짊어져야 하는 것들을 내가 함께 짊어져 줄게. 네 앞길을 가로막는 모든 것으로부터 널 지켜 줄게. 그러니까…… 뒷일은 나한테 맡기고 마음껏 달려가."

"……함께 짊어져?"

"그래."

"거짓말……."

"거짓말이 아니야. ……네가 짊어져야 한다면 나도 그 죄를 함께 짊어질 거야. 네 앞을 가로막는 것이 있다면 나는 온 힘을 다해 그걸 없앨 거야. 너와 함께 걸어가는 길에 장애물이 있다면 나는 온 힘을 다해 그걸 때려 부술 거야. 그 대신 너는 나만의 귀부인이야."

살포시. 나는 그에게 또다시 안겼다.

가슴이 메어서 자연스레 눈물이 흘러내렸다.

다행이야……. 정말로 다행이다.

내가 이 사람을 사랑해서. 이 사람이 나를 사랑해 줘서.

"그러니까 너도 포기하지 마. ……여기로 돌아오는 걸. 나와 함께 걷는 길을."

"응…… 으응……."

꼬옥. 그녀를 끌어안은 팔에 힘이 담겼다.

그 존재를 확인하는 것처럼.

그 마음을 잊지 않으려는 것처럼.

"그럼 다녀올게."

나는 웃으며 작별을 고했다.

제14장
공작 부인, 전장에 서다

루이에게 작별을 고한 후 왕도에 있는 앤더슨 후작가로 향했다. 그곳에서는 이미 앤더슨 후작의 호위병들이 훈련을 하고 있었다.

급히 내 방으로 가서 멜의 옷으로 갈아입고 훈련장으로 향했다.

그리고 단상에서 100명 남짓한 호위대 대원들을 내려다보았다.

작은 나라 하나에 필적하는 병력과 싸우기에는 압도적으로 부족한 숫자다.

다행인지 불행인지 지금 이 자리에 있는 사람들은 함께 훈련해 온 가족 같은 사람들……. 즉 모두 내가 아는 얼굴뿐이다.

"내 이름은 멜. ……본명은 메를리스 레제 앤더슨. 앤더슨 후작가 가주 가젤의 딸."

내 발표에 모두가 소리 없는 비명을 지르는 것이 눈에 훤히 보였다.

그 절묘한 반응에 나는 마음속으로 작게 웃었다.

"이미 오라버니 파커스로부터 들었겠지만 림멜 공국에서 병사를 일으켰다는 소식을 들었다. 그들을 오로지 우리 힘만으로 물리쳐야 한다. ……앤더슨 후작가의 이름과 긍지를 따른다면."

조용……. 정적이 내려앉았다.

유일하게 내 목소리만이 그 정적을 베어 냈다.

"하지만 괴로운 싸움이 될 것이다. 힘겨운 싸움이 될 것이다. 이중에 많은 사람은 살아 돌아오지 못할 것이다. 그러니까…… 만약 목숨이 아깝다면 지금 여기서 이탈해도 탓하지 않겠다."

나는 잠시 입을 다물고 눈을 감은 채 기다렸다.

누군가가 움직이기를.

……이번 일에 왕국군을 움직일 수는 없다.

즉 수적으로도 이미 불리한데 지리적인 이점마저 노르트 측에 있는 셈이다.

그런 상황에서 이들이 도망치기를 선택한다 해도 어쩔 수 없는 일이다.

……오히려 여기서 어느 정도 전진했을 때 갑자기 이탈하는 것이 더 곤란하다.

한동안 말없이 서 있었지만 아무리 기다려도 누군가가 움직이는 기척이 느껴지지 않아서 한순간 고개를 들었다.

그리고 그곳에는…… 아무도 없었다.

이 자리에서 움직이는 자는 아무도 없었다.

"……그대들의 각오, 똑똑히 보았다. 그렇다면 가젤 장군에게 훈련받은 맹자들이여. 날카로운 검을 들고 뒤돌아보지 말고 그저 앞으로 나아가라. 명예를 걸고 목숨이 있는 한 달려라. ……내 뒤를 따라라!"

그 자리의 공기가 팽팽하게 긴장됐다.

호위대 대원들의 표정도 조금 전보다 한층 진지하게 변했다.

"예!"

모두가 검을 받드는 자세를 취했다.

"……고맙다."

그 모습을 바라보며 나는 그들을 향해 작게 중얼거렸다.

이윽고 나는 말에 올라타서 호위대를 이끌고 곧장 왕도를 떠났다.

오라버니의 지시대로 오라버니가 알려 준 길을 달렸다.

본래대로라면 일정 수 이상의 병사를 허가 없이 거느리고 다른 영지의 땅을 밟을 수 없다.

영지끼리 쓸데없는 다툼을 막기 위한 조치이며, 왕도와 자신의 영지를 오갈 때 많은 호위를 거느릴 수 있는 것은 사전에 신청해서 허가를 받았기 때문이다.

그러니까 이렇게 림멜 공국으로 병사들을 거느리고 가는 것도 중간에 위치한 다른 영지들을 통과해야 하는 이상 사실은 어려운 일일 텐데……. 대체 어떻게 다른 영주들의 허가를 받은 걸까.

최소한의 휴식을 취하며 가장 빠른 속도로 림멜 공국을 향해 달렸다.

림멜 공국과의 국경을 앞두고 우리는 마지막 휴식을 취했다.

가급적 눈에 띄지 않도록 큰길과 조금 떨어진 숲속에 있는 짐승길로 향했다.

언제였더라, 오라버니를 쫓아 앤더슨 후작가로 향할 때도 사람들에게 들키지 않도록 이런 곳에서 휴식을 취했었지……. 그런 생각을 떠올리며 마음속으로 웃었다.

"……슈레 씨. 지도를."

하지만 곧 마음을 다잡은 후 나는 가까이 있는 슈레 씨에게 말을 건넸다.

"네."

지도를 펼쳐 놓고 주위에 빙 둘러앉아서 우리는 지리를 살폈다.

"다시 확인하지. 적은 이 루트를 따라 남하하고 있다…… 라는 것이 오라버니와 루이의 예측인가?"

"네. ……뭔가 의문점이라도 있습니까?"

"……모두의 덕분에 오라버니와 루이가 예상했던 것보다 더욱 많은 거리를 달려왔어. 이 정도면 림멜 공국과 좀 더 가까운 곳에서 적과 부딪힐 수 있지 않을까."

"그렇군요. ……원래는 이곳에 잠복해서 기다리다가 싸울 예정이었지만…… 이 정도면 하루, 이틀쯤 앞당겨질 수도 있습니다."

"반대로 저쪽의 움직임이 빨라질 수도 있단 말이지……. 오라버니와 루이는 적의 움직임을 좀 더 빠르게 예측하는 것 같던데, 맞나?"

"네."

슈레의 긍정에 나는 눈을 감고 생각에 몰두했다.

머릿속으로 몇 가지 루트를 떠올리고, 우리와 적의 속도를 생각하고, 내 작전이 가능할지 어떨지 검증했다.

물론 오라버니와 루이의 계략은 확실할 것이다.

다만 진행 속도를 높인 탓에 처음보다 상당히 여유가 생겼다.

"적은 이미 모두 합류해 있다고 했지. 확실한가? 그리고 모두 한꺼번에 움직이고 있는 것도 확실한가?"

"네. 둘 다 파발을 보내서 확인했습니다. 또 진행 속도는 당초 예상했던 대로라고 합니다."

허둥지둥 다가온 전령의 말에 나는 결심을 굳혔다.

"그럼 우리는 여기까지 이동한다."

척. 나는 지도를 가리켰다.

"여기 말씀입니까."

"그래. 적이 여기 도착하기 전에 우리가 먼저 도착할 수 있을 거야. 척후병 있나? 여기 도착할 때까지 본 지형 정보가 필요한데."

"네, 저기 있습니다."

"좋아. 그럼 얘기가 끝나면 즉시 출발한다. 다들 준비를 시작해라."

"예!"

내 호령에 모두가 움직이기 시작하는 것을 곁눈질로 바라보며 나는 안내역의 뒤를 쫓았다.

척후병의 얘기를 모두 들은 후 나는 한순간 생각에 몰두했다.

눈을 감은 채 그곳의 지형을 머릿속에 그려 보며 작전의 성공 여부를 생각하고 있을 때였다.

"메를리스 님."

익숙한 여자의 목소리가 내 의식을 현실로 되돌렸다.

"왜? 안나."

이번 전투에는 내 시녀 안나도 동행하고 있다.

입씨름을 할 시간이 아깝다는 이유로 마음대로 하게 내버려 둔 결과다.

후작가 호위대 대원들도 이제 그녀가 어엿한 무인이자 호위대의 일원으로 손색이 없다고 편을 들어 주기는 했지만.

"이동 준비가 끝났다는 보고입니다."

한순간 나는 그녀의 목소리에 또다시 눈을 감았다.

그리고 나는 자신의 결단에 따르는 책임을 곰씹었다.

"알았어. ……다들 훌륭하군. 그럼 가자."

"네!"

우리는 또다시 말을 타고 달렸다.

전장으로 향하기 위해서.

†　†　†

이윽고 우리는 타스멜리아 왕국에서 림멜 공국으로 은밀히 건너 갔다.

발밑에 펼쳐진 것은 길고 좁은 길.

가파른 절벽 같은 높은 언덕과 언덕 사이에 뻗어 있는 그 좁은 길 앞에서 나는 마음을 가라앉혔다.

"……왔다."

멀리서 차츰 다가오는 말발굽 소리에 나는 작게 중얼거렸다.

순간 뒤에 서 있는 호위대 대원들의 긴장감이 높아졌다.

그 분위기에 나도 꿀꺽 마른침을 삼켰다.

"자. ……다들 사냥감이 왔다."

꿀꺽. 누군가가 마른침을 삼키는 소리가 들렸다.

"나는 싸움이 싫다. 나는 목숨을 빼앗는 것이 싫다. ……그렇기 때 문에 더더욱 그런 짓을 저지르려는 자들이 꼴도 보기 싫다."

그렇게 중얼거리는 동안에도 적은 점점 가까이 다가오고 있었다.

그래도 나는 말을 멈추지 않았다.

"자아, 다들. 놈들에게 공포를 새겨 줘라. 앤더슨 후작가의 이름을 듣기만 해도 온몸이 떨릴 만큼. 두 번 다시 적들이 싸움을 생각할 수 없을 만큼. ……압살해라! 쓸어 버려라! 대항하는 적은 모두 죽여 라! ……간다!"

뒤에 서 있는 호위대 대원들의 열기가 고조되는 것이 살갗으로 느껴졌다.

좋은 분위기다.

눈앞에 펼쳐진 것은 우리보다 압도적으로 많은 적.

유일한 위안은 좁은 길이기 때문에 적이 수적인 우세를 활용할 수 없다는 것이다.

나는 고삐를 쥐고 말을 몰았다.

적은 한순간 나의 등장에 주춤했지만 이쪽의 숫자가 적은 것을 간파하자 곧 그대로 달려왔다.

적이 바로 눈앞에 도달하기 직전, 나는 손을 들었다.

순간 무수한 화살이 비 오듯 쏟아졌다.

그리고 그 화살은 확실하게 적의 목숨을 빼앗았다.

적이 어리둥절해할 틈도 없이 화살은 차례차례 쏟아졌다.

그리고 그때마다 붉은 피가 시야를 물들였다.

"메를리스 님!"

뒤에 있는 안나가 기쁜 듯이 내 이름을 불렀다.

……이토록 멋지게 작전이 성공했으니 당연한 일이다.

그런데도 마음이 들뜨지 않는 것은 어째서일까.

오히려 해야 할 일을 하고 있는 듯한, 그리고 그 모습을 바라보는 듯한, 오히려 안도에 가까운 기분이었다.

이윽고 적이 태세를 정비하기 위해 후퇴하기 시작했다.

나는 또다시 손을 들었다.

그리고 말을 달려 앞으로 나아갔다.

순간 화살이 멈췄다.

겹겹이 쌓인 적의 시체를 넘어 우왕좌왕 도망치는 적들을 배후에서 덮쳤다.

그리고 가장 가까이 있는 적을 베었다.

호위대가 내 뒤를 따랐다.

언덕에서 활을 쏘던 호위대 대원들도 모두 그대로 협공을 하기 위해 아래로 내려왔다.

차례차례 검을 휘둘러 적을 베었다.

죽일 수 있을 만큼 죽여라.

다음 싸움을 위해 최대한 적의 숫자를 줄여라.

그것이 이 싸움 전에 호위대 대원들에게 내린 명령.

호위대는 그 명령을 충실히 따라서 나와 함께 그 자리에 남은 적들을 차례차례 쓰러뜨렸다.

모든 것이 붉게 물들고 피비린내가 코를 찔렀다.

대형이 무너진 적은 이윽고 그대로 후퇴했다.

그 좁은 길에서 적의 모습이 사라진 순간, 뒤에 있던 호위대들이 환성을 질렀다.

……첫 전투는 이쪽의 승리인가.

휴우. 안도의 숨을 내쉬며 말에서 내렸다.

모두가 기쁜 표정으로 환호성을 지르고 있었다.

그리고 그에 응하듯 나는 손을 들었다.

† † †

한편 그 무렵, 가젤은 앤더슨 후작령에서 용병들과 싸우고 있었다.

알프의 수하가 가져온 정보를 바탕으로 파커스가 작전을 세우면 가젤이 소수의 호위대 대원을 이끌고 그 작전을 실행에 옮겼다.

적을 한 놈도 놓치지 않도록 효율적으로 잠복해 있는 적들을 찾아내서 각개격파를 되풀이했다.

"……이제 거의 끝나 가나."

"네, 다음이 마지막입니다."

"……서두르자."

노르트가 림멜 공국에서 움직이기 시작한 것은 당연히 가젤도 파악하고 있었다.

그래서 그는 초조해하고 있었다.

가젤은 모두를 이끌고 마지막 잠복 장소로 향했다.

앤더슨 후작령 안에 있는 한 건물의 입구와 뒷문에 인원을 배치한 후 가젤은 안으로 돌입했다.

건물 안을 달리며 방을 하나하나 확인하고 다녔다.

그리고 마지막 방문을 열자 널찍한 방에 남자 열 명이 있었다.

"……저자가 노르트입니다."

"뭐라고?"

알프의 수하가 그중 한 사람을 가리켰다.

사전 정보에 의하면 노르트는 림멜 공국에서 병사를 움직였다고 들었는데…… 가젤은 내심 당황했다.

그러나 알프의 수하로 일하며 노르트를 직접 본 적이 있는 그가 잘못 봤을 리는 없다.

……그렇다면 림멜 공국에서 병사를 움직인 놈들은 대체…….

"……안녕하세요. 처음 뵙겠습니다. 방금 소개받은 노르트라고 합니다. 만나서 반갑습니다."

그러나 다름 아닌 본인의 인정에 가젤의 당혹감은 사라졌다.

"그렇군. ……네가 모든 악의 근원이냐."

그렇게 중얼거리며 가젤은 노르트를 공격했다.

노르트는 간신히 그 공격을 피하며 뒤로 물러섰다.

그동안 호위대 대원들은 다른 남자들을 쓰러뜨렸다.

"자…… 잠깐, 얘기 좀 합시다."

"난 할 얘기가 아무것도 없다만?"

"아니, 당신이 모르는 얘기도 있습니다. 제가 털어놓으면 놓아주시겠습니까?"

"……놓아줄 것 같나. 그리고 너는 어차피 전부 털어놓게 될 거다."

가젤은 가차 없이 검을 휘둘렀다.

노르트는 그 공격을 미처 피하지 못했다. 그의 손에서 칼이 튕겨 나갔다.

그대로 도망치지 못하도록 검을 휘둘렀다.

목숨을 건질 수 있을지 없을지 알 수 없는 아슬아슬한 상처였다.

"그래, 할 말이 뭐지?"

피가 뚝뚝 떨어지는 검을 겨눈 채 쪼그려 앉아서 가젤은 상대를 살펴보았다.

그 눈동자는 절대 0도를 연상시킬 만큼 그답지 않게 서늘했다.

뒤에 서 있는 호위대 대원들조차 그 눈을 똑바로 쳐다보지 못한 채 식은땀을 흘리고 있었다.

"빨리 말하는 게 네놈의 신상에도 좋을 텐데."

가젤이 또다시 그를 노려보며 물었다.

그 시선에 노르트는 움찔 몸을 떨며 입을 열었다.

"저와…… 저와 코디스 님이 언제부터 손을 잡고 있었는지 아십니까?"

"흠……. 그거야 벨스가 철을 빼돌리기 시작했을 때부터겠지."

가젤의 대답에 노르트는 웃었다.

"그럴 리가 없잖습니까. 우리가 손을 잡은 것은 훨씬 오래 전…… 트와일 전쟁이 끝난 후입니다."

"……트와일 전쟁이?"

"네, 그렇습니다. 저는 코디스 님의 의뢰를 받고 트와일 국에 무기를 선물했습니다. ……그런데 그때 목격을 당하고 말았죠. 바로 당신의 부인에게. 우리가 무기를 건네는 모습을."

"……멜리루다에게?"

"네, 그렇습니다. 트와일 국이 이기는 쪽에 걸고 무기를 보냈는데 설마 패할 줄이야……. 그래서 패한 후 내통했다는 사실이 발각되면 곤란하니까 철수했습니다만…… 제 모습을 목격한 소녀만은 찾을 수 없었습니다. 그 후로 계속 찾아 헤맸는데…… 설마 가젤 공의 부인일 줄이야."

그가 멜리루다를 찾지 못한 것은 트와일 전쟁이 끝나고 얼마 후 나라에서 그녀의 출신을 바꿔 버렸기 때문이다.

세즌 백작가의 딸이었던 그녀는 남작가의 양녀가 되었다.

그 사실이 드러나지 않도록, 그리고 파커스와 메를리스를 낳고 키우느라 바빠서, 그녀는 개인적인 다과회를 제외하면 좀처럼 외부에 모습을 드러내지 않았다.

"그 사실을 알게 된 것은 그녀가 파티에 참석하게 된 후부터였습니다. 그리고 1년 동안 그녀의 주변을 샅샅이 조사하고…… 벨스 공의 야망도 알게 됐지요. 뭐 그 사람 덕분에 제 손을 직접 더럽히지 않고 끝났으니 벨스 공에게는 감사하고 있습니다. 뭐 그리고 그걸 재료 삼아 몇 가지 협상을 했지요."

"……그렇군. 뭐 직접적으로 멜리루다를 해친 건 아니란 말이지……."

가젤은 알아들을 수 없을 만큼 작은 목소리로 중얼거렸다.

"……하지만 네놈이 벨스를 부추긴 것도 사실. 역시 그냥 내버려 둘 수 없어."

그리고 가젤은 노르트를 베어 버렸다.

"……파커스!"

"네."

"여기 노르트가 있는 걸 보면 림멜 공국에서 병사들의 움직임은 전제가 달라진다! 서둘러 호위대를 이끌고 림멜 공국의 메를리스에게 가거라!"

"알겠습니다!"

가젤은 또다시 노르트를 내려다보았다.

"너도 코디스에게 이용당한 것뿐인가, 아니면……. 뭐 어쨌든 너는 내게 싸움을 걸었다. 그뿐이다."

그렇게 중얼거린 후 가젤은 그 자리를 떠났다.

† † †

첫 전투에서 눈부신 승리를 거두긴 했지만 우리는 그대로 림멜 공국에 잠복해 있었다.

적이 어떻게 나올지 살피기 위해서였다.

확실히 첫 전투에서 승리를 거두긴 했어도 결코 적을 괴멸 상태로 몰고 간 것은 아니다.

더는 움직이지 말았으면…… 될 수 있으면 이대로 끝이 났으면.

그렇게 바라면서도 이대로 끝날 리 없다는 확신 같은 것이 내 안에 있었다.

본래 예정대로라면 그에 대응하기 위해 방위 관점에서 자국을 쉽게 떠날 수 없는 아버님 대신 오라버니가 벨스 숙부님을 진압한 후 원군을 이끌고 이곳에 오기로 했었는데…….

오라버니가 오기 전에 적이 움직이기 시작하면 우리는 압도적으로 불리한 상황에 내몰리게 된다.

하지만 그렇다고 우리가 이탈하면 적은 쉽게 타스멜리아 왕국으로 물밀 듯이 쳐들어올 것이다.

그래서 우리는 이곳에서 계속 대기하고 있었다.

오라버니 일행이 도착할 때까지 조금이라도 시간을 벌기 위해.

견제와 보초를 겸해서.

노숙을 계속하는 것은 힘들지만 그래도 어떻게든 생활할 수 있는 것은 루이가 보내 준 물자 덕분이었다.

우리조차 상당히 무리해서 여기까지 왔는데 이토록 짧은 시간에 물자를 모아서 보낼 줄이야.

내 약혼자는…… 정말 듬직하고 대단한 사람이다.

물자를 눈앞에 두고 나는 그런 생각을 곱씹었다.

"메를리스 님!"

다급한 목소리를 보아하니 그다음 이어질 말이 상상됐지만 애써 냉정을 유지했다.

"무슨 일이지?"

"척후병의 보고입니다. ……적이 태세를 정비해서 다시 움직이기 시작했다고 합니다."

내심 한숨을 쉬었다. 두려워하던 사태가 정말로 일어나고 말았다.

"오라버니의 원군은?"

"그게 아직……."

"그렇군……. 지도를 가져와."

나는 다른 사람에게 지도를 가져오게 한 후 그것을 토대로 보고하라고 지시했다.

적의 숫자, 현재 그들이 있는 장소, 그리고 앞으로 예상되는 루트.

그것들을 들으며 나는 머릿속으로 싸움을 이미지했다.

……오라버니가 아직 도착하지 않은 지금, 수적으로 열세인 우리에게는 기습이나 복병이 가장 유용한 수단.

지난번 기습을 경험했으니 아마 적도 잔뜩 경계해서 결코 그 좁은 길을 사용하지 않을 것이다.

실제로 척후병이 가리킨 루트는 넓은 초원 같은 장소.

게다가 함정을 설치하기에는 시간이 너무 없다.

어떻게 하지……? 어떻게 하면 좋지?

뭔가 좋은 방법은 없을까.

수적으로 불리한 우리가 그들을 물리칠 수 있는 '뭔가'.

그들을 타스멜리아 왕국으로 보내서는 안 된다.

그들이 타스멜리아 왕국에 발을 들이면 타스멜리아 왕국도 왕국군을 움직이지 않을 수 없다.

그렇게 되면…… 림멜 공국과의 관계는 어떻게 될까? 정전 중인 트와일 국은 어떻게 움직일까?

아버님 세대가 간신히 움켜쥔 평화는…… 과연 어떻게 될까.

"……다들 충분히 잘 싸웠다. 도저히 일개 영지의 호위대라고는 생각할 수 없을 만큼……."

그런데도 생각이 나지 않는다.

이 자리에 있는 모든 이가 목숨을 걸어도 어차피 시간벌기밖에 되지 않는다.

그걸 알면서도…… 그래도 나는 그만 물러나자고 말할 수 없었다.

그 때문에 내 목소리는 떨리고 있었다.

……빨리 말해.

모두에게 여길 떠나자고.

"……우리가 여길 떠나면 적은 타스멜리아 왕국에 도착할 겁니다. 그렇지요?"

내 말을 가로막은 것은 슈레 씨였다.

"우리 주군의 이름은 땅에 떨어지고, 명예는 빼앗기고, 게다가 림멜 공국과 트와일 국 모두 움직일 수도 있죠. 그렇다면 우리가 택할 길은 하나밖에 없지 않습니까?"

"……나는 당신들에게 죽으라고 말할 수는 없어."

"하지만 당신은 여기서 물러날 생각이 없습니다. ……아닙니까?"

말문이 막혔다. 꽤나 예리한 질문이다.

"그렇다면 제가 택할 길은 단 하나. ……마지막까지 함께하게 해 주십시오."

그렇게 말하며 그는 신하의 예를 표했다.

그 뒤를 따르듯 주위의 모두가 같은 자세를 취했다.

……가슴이 아팠다.

그들의 충성이 기뻐서. 동시에 그들을 길동무 삼으려는 자신이 너무나도 어리석어서.

"……허락한다. 나와 함께 마지막까지 달리는 것을."

"영광입니다."

나는 질끈 눈을 감았다.

그들 앞에서 눈물을 흘리지 않도록.

……우는 건 모든 게 끝나고 나서다.

"살아서 돌아가면 마담 칼뤼의 가게를 통째로 전세내야지!"

순간 분위기가 후끈 달아올랐다.

"오오, 좋군요. 크로이츠 따위는 비교도 안 될 만큼 인기 있는 남자가 돼야지."

"나, 나는…… 이번엔 꼭 를루리아한테 고백해야지!"

모두가 웃으며 신나게 떠들어 댔다.

어딘가 공허한 느낌이 드는 대화였지만 아무도 그것을 지적하지 않았다.

다들 일부러 유쾌한 말만 골라서 하고 있을 뿐…… 결코 상황이 변한 것은 아니니까.

그런 기이하게 들뜬 분위기를 유지한 채 우리는 밤을 지새웠다.

† † †

척후병이 돌아온 다음 날 아침은 전날 밤의 시끌벅적한 분위기와는 전혀 다르게 조용했다.

모두가 온화한, 그러나 강한 빛을 그 눈동자에 품고 있었다.

상쾌한 아침에 걸맞은 차가운 바람과도 같은, 조용한 긴장감이 이 자리를 지배했다.

"좋은 아침입니다, 메를리스 님."

채비를 마친 슈레가 메를리스에게 말을 건넸다.

"좋은 아침이에요, 슈레 씨."

왕도를 떠난 후 줄곧 온몸에서 날카로운 긴장감을 풍기던 메를리스가 오늘은 지독히 온화한 분위기를 몸에 두르고 있었다.

"오늘 하루도 힘내 볼까요."

슈레의 말에 메를리스는 쿡쿡 작게 웃었다.

"'오늘도'라. ……네, 그래요. 같이 힘내요."

메를리스는 발걸음을 돌려 호위대 대원들에게 말을 건넸다.

마치 모두와 대화를 나눌 시간을 아쉬워하는 것처럼.

그리고 그 기억을 몸에 새기려는 것처럼.

담담하게 채비를 마치고 모두가 메를리스 앞에 정렬했다.

"……함께 싸울 수 있어서 영광이에요."

모두가 모인 그 광경에 메를리스는 한순간 쓴웃음을 지으며 중얼거렸다.

하지만 다음 순간, 그 미소는 사라졌다.

"모두 뒤를 따르라."

마치 격려나 용기를 북돋아 주는 말 따위는 필요 없다는 듯이 그녀는 그저 그 말만을 고했다.

그러나 이상하게도 그저 그 한마디 말에 호위대 대원들의 사기는 조용히 타올랐다.

메를리스의 뒤를 따르듯 말을 달렸다.

그리고 적의 진군을 막기 위해 초원에 도착했다.

슈레는 메를리스와 함께 옆쪽의 숲에 숨었다.

숨을 죽이고 기척을 숨긴 채 그저 조용히 그때를 기다렸다.

쏴아아……. 바람과 함께 풀이 스치는 소리가 울렸다.

코를 간지럽히는 신록의 향기가 마음을 가라앉혀 줬다.

이윽고 어렴풋이 말발굽 소리가 들려왔다.

몇 마리나 되는 그 소리는 멀리서 차츰 가까이 다가왔다.

숨어 있던 호위대 대원들 사이에 긴장이 감돌았다.

스윽. 메를리스는 그때까지 감고 있던 눈을 떴다.

말은 없었다.

그저 그녀는 말을 타고 조용히 달리기 시작했다.

슈레를 비롯한 호위대 대원들도 그 뒤를 따랐다.

강대한 적 앞에서도 누구도 그 눈에 두려움은 없었다.

그 눈동자에는 그저 힘차게 앞으로 나아가는 메를리스의 모습만 이 비치고 있었다.

적들이 측면에서 나타난 그들의 존재를 눈치채고 대응하기 전에 메를리스가 검으로 길을 열었다.

조용한, 그리고 가벼운 검의 궤적.

그것이 확실한 위력으로 적의 목숨을 빼앗았다.

살랑, 살랑. 그녀의 검에서 바람이 일 때마다 피비린내와 함께 세계가 붉게 물들었다.

그녀는 그저 담담하게 중앙으로…… 적의 지휘관을 향해 달렸다.

마치 수라처럼 위풍당당한 그 등과 싸우는 모습은 너무나도 믿음 직스러웠고 마치 사신처럼 확실하게 사람의 목숨을 사냥하는 검의 궤적은 아군이지만 무시무시했다.

그러나 호위대 대원들은 모두가 그 모습에 매료되어 설령 아무리 깊은 상처를 입어도 달리는 것을 멈추지 않았다.

앞으로 나아갈수록 호위대 대원들 중에는 부상자가 늘어 갔다.

개중에는 쓰러지는 사람도 있었다.

그래도 다들 멈추지 않았다.

그저 메를리스를 믿고 적의 지휘관을 향해 달렸다.

이윽고 호위대도 적지 않은 희생을 치른 끝에 간신히 지휘관인 듯한 호위에 둘러싸인 인물 앞에 당도했다.

"여…… 여자?"

중앙에 서 있던 마른 체격의 남자가 선두에 있는 메를리스의 모습을 보고 놀란 듯이 중얼거렸다.

"……이 일당의 지휘관인 것 같군. 얌전히 이 검을 받아라."

말이 떨어지기가 무섭게 그녀는 이미 달리고 있었다.

"코디스 님! 도망치십시오!"

그런 그녀와 지휘관인 듯한 남자 사이로 호위들이 끼어들었다.

"걸리적거린다."

그녀는 그들을 단칼에 베어 버렸다.

그리고 남자를 향해 망설임 없이 나아갔다.

"아…… 아아…… ."

죽음을 형상화한 듯한 그녀가 점차 다가오는 모습에 남자는 겁에 질려 다리가 움직이지 않는 듯했다.

그녀는 가차 없이 그런 남자를 베었다.

남자는 천천히 말에서 떨어져서 쓰러졌다.

그가 바닥에 쓰러지는 소리가 유달리 크게 울려 퍼졌다.

"어…… 어째서!"

몸에서 흘러나온 피로 지면을 붉게 물들이며 그래도 그는 외쳤다.

그 목소리는 전장에서 결코 크지 않은 소리인데도 모두가 그 비통한 외침에 움직임을 멈췄다.

다만 단 한 사람, 그를 벤 그녀만은 냉철한 눈동자로 그를 내려다보고 있었다.

"어째서……?"

"어째서, 어째서……! 겨우…… 겨우 손에 넣을 뻔했는데!"

커헉. 그렇게 외친 순간, 그는 입에서 붉은 액체를 토했다.

……곧 숨이 끊어지겠군.

그 모습을 바라보며 누구나 그렇게 생각했다.

"왜 여기까지 와서 이 손을 빠져나가는 거지? 왜 정말 원하는 것은 손에 넣을 수 없는 걸까?"

그렇게 말하며 그가 떨리는 손을 뻗은 곳은…… 타스멜리아 왕국 방향이 아니었다.

그 방향은 북쪽…… 슬리거 공작가 쪽이었다.

"한 번이라도 좋으니까 아버님께 칭찬받고 싶었다. 아버님의 자랑이 되고 싶었어……."

마치 열에 들뜬 듯한 중얼거림이었다.

아무것도 비치지 않는 텅 빈 눈동자로 그저 떨리는 손을 뻗을 뿐.

마치 길을 잃은 어린아이 같다……. 그 모습을 바라보며 호위대 대원들은 생각했다.

아버지에게 인정받지 못하고, 사랑받지 못한 소년.

그토록 갈망하던 사랑은 모두 자신이 아닌 동생에게 쏟아지는 것을 지켜보며…… 사랑을 모른 채 성장하고, 포기하고, 그리고 사랑이라는 존재 자체를 잊은 남자.

메를리스를 비롯하여 이 자리에 있는 타스멜리아 왕국 사람들은 그의 천칭이 언제 어떻게 기울어졌는지는 모른다.

그러나 그는 분명 모든 것을 꺼리고 미워했다.

어차피 손에 넣을 수 없다면 모두 부숴 버리겠다고 생각할 만큼.

메를리스는 숨이 끊어진 그를 그저 말없이 바라보았다.

그때 그녀가 제일 처음 베었던 호위가 비틀비틀 일어섰다.

그리고 그녀에게 달려들었다.

그녀는 눈썹 하나 까딱하지 않고 팔을 휘둘러 또다시 남자를 베었다.

그러나 그사이에 또 다른 호위가 몸을 일으켜 등 뒤에서 그녀를 덮쳤다.

"메를리스 님……! 위험해요!"

그런 적의 행동을 제일 먼저 눈치채고 움직인 사람은 다름 아닌 안나였다.

안나는 아슬아슬하게 메를리스와 그 호위 사이로 뛰어 들어서 메를리스 대신 몸으로 검을 막았다.

"아…… 안나!"

평소 듣지 못했던 메를리스의 비통한 외침에 모두의 시간이 한순간 정지했다.

"안나……? 안나……!"

그녀는 울면서 안나를 불렀다.

그러나 치명상이 분명한 상처를 입은 안나는 간신히 끊어질 듯한 숨만 내쉴 뿐이었다.

"메를리스 님, 갑시다!"

슈레는 쓰러진 안나를 재빨리 끌어안고 말을 달렸다.

그리고 다른 호위대 대원이 코디스를 들어서 자신의 말에 태웠다.

……적의 지휘관은 죽었지만 적들은 여전히 메를리스와 호위대 주위를 에워싸고 있었다.

그 적진 한복판에 머무는 시간이 길면 길수록 위험은 늘어난다.

메를리스는 자신이 놓인 상황을 떠올렸는지 곧 말을 타고 이곳을 빠져나가기 위해 움직였다.

여기까지 올 때와 마찬가지로 적진을 일직선으로 가르듯이 가장 빠른 속도로 말을 달렸다.

하지만 올 때와는 달리 지휘관 메를리스는 생기를 잃은 상태.

게다가 모두가 만신창이였다.

……움직이지 마, 움직이지 마.

호위대 대원들 모두가 마음속으로 그렇게 외쳤다.

모든 적을 상대하기는 수적으로 너무 차이가 나서 어렵다. ……그렇게 생각했기 때문에 메를리스는 기습을 선택하여 측면에서 적을 공격했다.

그리고 그 작전은 성공했다. 메를리스는 무사히 적의 지휘관인 듯한 남자를 쓰러뜨렸다.

하지만 그렇다고 모든 적을 쓰러뜨린 것은 아니다.

즉 기습은 성공했지만…… 또다시 적진을 빠져나가는 동안 언제 공격을 받아서 목숨을 잃을지 알 수 없는 상태가 되었다는 뜻이다.

그리고 적은 그 방아쇠를 당겼다.

차례차례 메를리스 일행을 발견하면 명확한 지시가 없어도 공격을 해 왔다.

"크윽……."

……호위대 대원들은 이제 거의 한계에 달해 있었다.

인파에 짓눌릴 것 같으면서도…… 그래도 포기해선 안 된다고 마음을 다잡으며 메를리스는 모두를 지키기 위해 선두에 서서 계속 검을 휘둘렀다.

……아직인가. 아직 멀었나.

원군이 도착했다는 소식은 아직 멀었나.

조급한 마음을 억누르며 슈레는 기도하는 듯한 심정으로 메를리스의 뒤를 따라 검을 휘둘렀다.

한 사람, 또 한 사람 붉은색에 잠겨 갔다.

그때마다 공기가 무겁게 짓누르며 몸을 조이는 것만 같았다.

그때였다.

적진이 갑자기 기이한 분위기에 감싸여 앞다퉈서 달아나기 시작했다.

무슨 일이 일어난 걸까……. 그런 의문을 머릿속 한구석으로 밀어 두고 다들 이 기회를 놓칠세라 이곳에서 빠져나가는 데 정신을 집중했다.

그리하여 겨우 적진을 빠져나온 그때였다.

"오라버니……!"

메를리스의 외침에 겨우 사태를 파악했다.

기다리고 기다리던 원군…… 또는 본 부대가 도착했다는 사실을.

앤더슨 후작가의 적장자이자 메를리스의 오빠가 냉정하고 가차 없이 병사들을 움직여 적을 처리하기 시작했다.

지휘관을 잃은 오합지졸들을 상대로도 그는 정확하게 군사를 움직여 차례차례 적을 격파했다.

……이제 안심해도 돼.

수풀에 도착한 후 그녀는 작게 중얼거렸다.

그 중얼거림에 모두가 한숨을 돌렸다.

"그래. ……이제 조금만 기다려. 너를 꼭 살리고 말 거야."

메를리스의 말에 대답하듯 안나는 어렴풋이 눈을 떴다.

"안나!"

메를리스는 그렇게 외치며 안나의 손을 잡았다.

"……메를리스 님. 곁에서 모실 수 있어서…… 저는 정말 행복했어요. 고맙, 습니다."

안나는 텅 빈 눈동자로 메를리스를 바라보며…… 그리고 웃었다.

"안 돼, 안나. 그런 말 하지 마. ……그러면 꼭 헤어지는 것 같잖아. 안 돼, 안 돼. ……제발 미래를 포기하지 마."

메를리스의 눈에서 눈물이 흘러내렸다.

그 물방울이 안나의 뺨에 떨어져서…… 마치 안나도 울고 있는 것 같았다.

"목숨의 대가는 목숨으로 갚는다. ……메를리스 님이 구해 주신 이 목숨, 반드시 당신을 위해서 사용할 거라고 생각하고 있었어요. ……그러니까 마지막으로 당신께 도움이 될 수 있어서 기뻤어요……. 당신의 활약을, 당신이 만들고자 하는 평화의 모습을 볼 수 없다는 것만이…… 안타깝네요."

"안 돼…… 안 돼, 안나! 마지막이라니 말도 안 돼. 제발 그런 말 하지 마! 너는 계속 나를 도와줬어. 그리고 내겐 앞으로도 네가 필요해……."

그 말에 안나는 한순간 놀란 듯이 눈을 크게 떴다. ……그리고 눈물이 그렁거리는 눈을 가늘게 뜨며 미소를 지었다.

"고맙습니다. 먼저 가 버리는 무례를 용서해 주세요. ……에이블 씨와 에널린을…… 부탁드려요……."

"안나……? 안나!"

그 생명을 붙잡기 위해 메를리스는 필사적으로 그녀의 이름을 불렀다.

되풀이해서, 되풀이해서.

……그러나 결국 그녀는 아무런 반응도 보이지 않았다.

그저 조용히…… 온화한 표정으로 안나는 영원한 잠에 빠졌다.

"안나……."

툭, 투둑. 메를리스의 눈에서 쏟아진 눈물이 뺨을 타고 흘러내렸다.

무거운 침묵이 그 자리를 지배했다.

"여기 있었구나, 메를리스……."

그 침묵을 깨뜨리듯 여러 호위를 거느린 파커스가 나타났다.

"오라버니……."

"그 아이는…… 안나냐."

"네. ……안나뿐만이 아니에요. 저곳에는 아직 제 소중한 동료들이 쓰러져 있어요. ……오라버니의 전투가 끝나는 대로 당장 데리러 가야 해요."

메를리스는 아무런 색도 비추지 않는 눈동자로 전장을 바라보았다.

고요하고 깊은 슬픔을 그 몸에 두른 채.

"미안하다……. 괴로운 싸움을 강요해서."

파커스는 아픔을 견디는 듯한 표정으로 말을 건넸다.

"아뇨……. 나는 내 의지로 결단을 내린 거예요. 그러니까 오라버니가 책임을 느낄 필요는 없어요. 전 그저 제 힘이 부족한 게 부끄러울 뿐이에요."

스윽. 메를리스는 자리에서 일어섰다.

"오라버니, 코디스는 처치했지만 예의 상인은 발견하지 못했어요. 당장 수색해야 해요."

"……노르트는 앤더슨 후작가에 잠복해 있었다. 이미 아버님이 처리하셨다."

"노르트는 슬리거 공작가의 상황을 모른 채 임무를 수행하고 있었던 걸까요……. 그러다 코디스가 폭주한 건가요."

메를리스의 말을 들은 호위대 대원이 여기까지 데려온 코디스의 시체를 가리켰다.

파커스는 놀란 듯이 눈을 크게 뜨고 그 모습을 바라보았다.

"말도 안 돼……. 코디스는 에이블이 감시하고 있었을 텐데……."

"……에이블 씨가?"

"그래. ……에이블은 슬리거 공작가에 잠입해서 커티스와 코디스를 감시하는 역할을 맡고 있었다. ……혹시 마일스를 차기 슬리거 공작가 가주로 삼으려는 로멜르 공의 책략을 눈치채고 이런 행동에 나선 걸까?"

"그럴지도 몰라요. 슬리거 공작가에서 공작에 성공해서 코디스가 가주의 자리를 차지할 수 없게 됐다면…… 이 행동도 납득이 가네요. 에이블 씨로부터 코디스가 이 군대에 가담했다는 보고는 있었나요?"

감정을 억누르고 냉정하게 행동하는 메를리스의 모습에 파커스를 비롯하여 그 자리에 있는 모두가 애처로운 듯이 그녀를 바라보았다.

"아니…… 없었다."

파커스의 말에 느닷없이 메를리스는 말에 올라탔다.

"왜 그러느냐? 메를리스……!"

"조금 마음이 걸려서요. 상황을 살펴보고 올게요."

"기다려……!"

그대로 달려가려는 메를리스를 파커스가 다급히 막았다.

"이제…… 뒷일은 우리에게 맡기고 넌 쉬어라."

"아뇨, 아직 쉴 수 없어요. ……안나가 마지막으로 말했어요. '에이블 씨를 잘 부탁한다'고. 그러니까 에이블 씨는 무사히 타스멜리아 왕국으로 돌아오지 않으면 안 돼요. ……하지만 아무래도 에이블 씨는 코디스가 움직였다는 중요한 보고마저 할 수 없을 만큼 위급한 상황에 놓인 것 같네요. ……오라버니는 여길 떠날 수 없으니 제가 갈 수밖에 없잖아요?"

파커스의 제안을 물리치고 메를리스는 망설임 없이 말을 달렸다.

"제가 가겠습니다!"

모두가 그런 메를리스를 지켜보며 멍하니 서 있는 가운데 슈레만이 한발 먼저 정신을 차리고 그녀의 뒤를 쫓았다.

메를리스는 지친 기색이 보이지 않는 움직임으로 오로지 북쪽을 향해…… 슬리거 공작가를 향해 달렸다.

어느 샌가 해가 저물고 붉은빛이 서쪽부터 하늘을 물들이기 시작했다.

잠시 누그러졌던 그녀 주변의 공기도 거리가 가까워질수록 또다시 차갑고 날카롭게 변했다.

그녀의 뒤를 쫓으며 슈레는 그 변화를 관찰했다.

거리가 가까워질수록 차츰 소란스럽고 어수선한 분위기가 짙어졌다.

마치 뭔가 사건이 일어난 듯한, 그런 모습이었다.

두 사람은 한동안 말없이 그 자리에 서서 주위를 경계하며 상황을 살폈다.

이윽고 해가 완전히 저물고 주위가 온통 새카만 어둠에 잠길 무렵.

문득 기척이 변했다.

"……뭔가가 다가오고 있어."

메를리스가 민감한 반응을 나타내며 작게 중얼거렸다.

"어…… 메를리스 님……?"

작은 소음에 경계태세를 취하자 이윽고 알프와 에이블 두 사람이 나타났다.

에이블은 심한 부상을 입었는지 알프에게 질질 끌려 다니다시피 걷고 있었다.

"알프 씨, 이쪽으로 오세요. 슈레 씨는 당장 에이블 씨를 보호하세요."

"네."

그녀는 두 사람을 감싸듯 앞에 섰다.

그리고 새롭게 나타난 기척에 맞서듯 검을 뽑았다.

한 치 앞도 보이지 않는 어둠 속, 그녀는 다가오는 기척을 정확하게 감지하고 차례차례 베었다. 그것을 방해하지 않도록 움직이며 알프도 그녀를 원호했다.

"……더 이상 쫓아오는 자들은 없는 것 같군."

이윽고 공격해 오는 적들이 사라진 후 메를리스는 다시 검을 거뒀다.

"괜찮아요? 에이블 씨, 알프."

"가…… 감사합니다, 메를리스 님."

휘청. 순간 에이블이 쓰러졌다.

"자…… 자, 잠깐만요, 에이블 씨!"

메를리스는 쓰러진 에이블에게 다가가서 그의 몸으로 손을 뻗었다.

찐득하고 뜨뜻하고 비린내가 나는 액체가 그녀의 손을 물들였다.

조금 전까지 손에 닿아 있던 그 감촉에 그녀는 과잉반응을 보였다.

그 미지근한 감촉이 끔찍한 듯 그녀는 부들부들 몸을 떨었다.

"에이블 씨……? 에이블 씨!"

"비키십시오, 메를리스 님."

슈레가 옷을 찢어서 응급처치를 하려고 했지만 너무 어두워서 아무것도 할 수 없었다.

"알프! 당장 등을 조달해 와요! 슈레 씨, 의료 장비를 준비하세요!"

지시를 내리는 메를리스를 말리듯 에이블이 피투성이 손으로 그녀의 팔을 움켜잡았다.

"……죄송, 합니다. 여기 오기 전에 실수를 하는 바람에……. 간신히 알프 씨를 따라 여기까지 오긴 했지만……."

"말하지 말아요! 괜찮아요! 당장 치료하면 늦지 않을 거예요!"

"등불은 안 됩니다. 추적자들이 우리가 있는 곳을 눈치챌 테니까요. ……당장 저를 두고 가십시오."

"무슨 소리예요! 두고 가라니 말도 안 돼요!"

"이걸……."

에이블은 품 안에서 종이 다발을 꺼내서 메를리스에게 건넸다.

종이 다발은 살짝 피로 물들어 있었다.

"이건……."

그것은 벨스와 코디스의 관계를 말해 주는 증거였다.

또한 벨스 외에도 다른 귀족들이 코디스와 내통한 증거와 편지도 포함되어 있었다.

"……앤더슨 후작가를 무너뜨리려는 자들에게…… 굴하지 말라고, 가젤 님께 그렇게 전해 주십시오. 지금 그분이 안 계시면…… 누가 이 나라를 지키겠습니다. 그분 덕분에…… 기사단과 왕국군은 겨우 서로 협력할 수 있게 됐습니다. 그분이 있기에…… 트와일 국은 움직임을 멈추고 있습니다. 그건 다른 나라도…… 마찬가지. 타스멜리아 왕국은 아직 그분을 잃을 수 없습니다. ……그러니까 이걸."

에이블이 내민 그것을 메를리스는 머뭇머뭇…… 그러나 확실하게 받아 들었다.

"가젤 님도 파커스 님도…… 분명 이걸 쉽게 받아 주시지는 않겠지요. 그러니까 꼭 전해 주십시오. 제 목숨을 헛되이 하지 말아 달라고."

쿨럭. 그의 입에서 피가 흘러나왔다.

"직접 말하면 되잖아요! 내 고생을 쓸모없게 만들지 말라고."

"……제 몸은 제가 제일 잘 압니다."

그렇게 말하며 에이블은 씨익 웃었다.

목숨이 위태로운 상황인데도 그 사실을 조금도 느낄 수 없을 만큼 여유로운 미소였다.

"어째서…… 이렇게……."

메를리스는 조금 화가 난 듯이 에이블에게 말했다.

"……딱히 제 목숨을 가볍게 여기는 건 아닙니다. 사실…… 쿨럭…… 사실은 미련도 있습니다. 하지만…… 그…… 이상으로……."

쿨럭쿨럭. 에이블은 괴로운 듯이 기침을 했다.

툭, 투둑. 기침과 함께 피가 흘러내렸다.

기침이 멈추자 쌔액쌔액 괴로워 보이는 호흡 소리가 울렸다.

"……같은 뜻을 지닌 사람, 에게……. 이 나라의 미래를, 맡길 수…… 있으니까요. 그러니까…… 안심하고 떠날 수 있을 것 같습니다…….”

이미 눈이 보이지 않는 걸까, 그는 메를리스와 시선을 마주치지 않았다.

드디어 생명의 등불이 꺼져 가는 듯했다.

메를리스는 그의 손을 잡았다.

“나한테 맡겨 봤자 소용없어요. ……너무 무거운걸요. 누군가에 맹세코 계속할 수 있는 일이 아니에요.”

그렇게 말하는 그녀는 울면서 웃고 있었다.

“내 의지로 나 자신에게 맹세하겠어요. ……고국의 평화를 지키 겠노라.”

“……정말, 든든하군요.”

그녀의 말에 그는 미소를 지었다.

창백한 얼굴로 괴로운 듯이 눈썹을 찡그리며, 그래도 확실하게 입술 끝을 올리며.

“……안나가 당신을 기다리고 있어요. 당신에게 인사를 전해 달라고 부탁받았는데…… 아무래도 직접 말해 주는 게 좋을 것 같네요.”

한순간 에이블은 놀란 듯이 눈을 동그랗게 떴다.

하지만 곧 또다시 미소를 지었다.

“네……. 그렇게 하죠……. 고맙, 습니다, 메를리스 님……. 루이 님.”

그리고 조용히 눈을 감았다.

그런 그의 앞에서…… 메를리스는 소리 죽여 울었다.

툭, 투둑. 하늘에서 물방울이 떨어졌다.

물방울이 떨어지는 간격은 차츰 짧아져서 이윽고 가랑비가 되었다.

차가운 비가 그녀를 두드렸다.

마치 몸에 엉겨 붙은 붉은색을 씻어 내는 것처럼…… 그리고 그녀의 슬픔에 동조하는 것처럼.

……얼마나 시간이 지났을까.

모든 것을 지켜보던 슈레와 알프는 그런 그녀에게 차마 말을 걸지 못하고 그저 고개를 돌리고 있었다.

이윽고 그녀가 조용히 일어섰다.

"……그만 가죠. 슈레 씨는 알프를 데리고 가요. 나는…… 에이블 씨를 데리고 갈게요."

"……에이블을 데려가실 겁니까?"

의외라는 표정을 지으며 묻는 알프에게 메를리스는 무기질적인 시선을 던졌다.

"그래요. ……그를 고국의 땅속에서 잠들게 해 주고 싶으니까요."

"하지만 추적자와 마주쳤을 때 에이블을 데리고 있으면……."

움직이지 못하는 그를 데려가면 당연히 기동력이 떨어진다.

그래서 알프는 그렇게 물은 것이다.

"……추적자는 전부 처리하겠어요."

사르르. 그녀는 꽃 같은 미소를 지었다.

그러나 그 비장하고 청아한 미소에 슈레와 알프는 식은땀을 흘렸다.

숨을 쉬는 것조차 힘겨운…… 그런 중압감.

심장 뛰는 소리가 지독히 시끄럽게 고막을 울렸다.

"그러기 위해서라도 나는 그를 반드시 데려가겠어요. ……반대해도 소용없어요. 어쨌든 돌아가죠."

그 무거운 공기는 그녀가 움직인 순간 안개처럼 흩어졌다.

휴우. 슈레와 알프는 동시에 한숨을 쉬었다.

"……가요."

그리하여 그녀를 비롯한 세 사람은 전장으로 말을 몰았다.

알프의 우려대로 추격자가 세 사람을 따라왔다.

메를리스는 앞서 선언했던 대로 그들을 모두 처치했다.

알프와 슈레는 나설 틈조차 없을 만큼 그녀는 홀로 달려드는 적을 모조리 쓰러뜨렸다.

† † †

림멜 공국에서 적을 모두 섬멸한 후, 우리는 오라버니의 부대와 합류하여 타스멜리아 왕국으로 돌아왔다.

에이블 씨의 유체를 알프에게 맡기고 안나와 죽은 호위대 대원들의 장례를 왕도에서 몰래 치른 후, 나는 앤더슨 후작령을 찾아갔다.

일전의 소동은 공식적으로 알려지지 않았지만 역시 앤더슨 후작령은 어딘가 어수선한 분위기에 휩싸여 있었다.

"잘 돌아왔다, 메를리스."

"지금 돌아왔습니다, 아버님."

저택에 들어서자 조금 지친 표정의 아버님이 나를 맞이했다.

"아버님…… 고생하셨어요."

"아니다, 너야말로……. 아주 잘해 줬다."

나는 아버님 맞은편에 앉아서 홍차를 마셨다.

"……벨스 숙부님과 살로메는 어떻게 됐나요?"

"벨스는…… 전투 중에 처리했다. 살로메는 아직 살아 있지만…… 내일 독배를 내릴 생각이다."

"그렇, 군요……."

"……마지막으로 살로메를 만나 볼 테냐?"

"아뇨. ……만나 봤자 별 소용 없을 테니까요."

내 머릿속에 살로메에 대한 기억은 없다.

살로메도 나와 만나는 데 시간을 할애하고 싶지는 않을 것이다.

"이건 그저 궁금해서 묻는 건데요…… 살로메는 왜 노르트에 가담한 건가요?"

"……부러웠다더구나. 네가."

아버님의 말에 나도 모르게 웃음을 터뜨렸다.

전혀 상상도 못 했던 대답이라 미안하지만 재미있게 느껴졌다.

"제가요? 대체 왜죠……?"

앤더슨 후작가 가주의 딸이라는 것이 매우 축복받은 자리라는 것은 나도 알고 있다.

하지만 축복받은 처지라고 해서 계속 행복만 누려 왔던 것은 아니다.

괴로움을 맛본 적도 있고, 간절히 원하는 미래를 위해 노력이라는 대가를 치른 적도 있다.

그런 건 아무것도 모르면서 그저 겉으로 드러난 것만 보고 부러워하다니……. 뭐 남들 눈에 보이기 쉬운 건 그런 부분일 테니 어쩔 수 없지만.

"내 딸이라는 입장, 그리고 아르메리아 공작가의 적장자인 루이의 약혼녀가 된 게 부러웠던 모양이더구나."

"예상했던 대답이네요. ……뭐 좋아요. 그건 그렇고 모든 뒤처리가 끝난 후…… 아버님은 어떻게 하실 건가요?"

"응? 아, 으음…… 뭐."

아버님은 말꼬리를 흐리며 시선을 피했다.

"……받으세요."

그런 아버님에게 나는 에이블 씨가 건네준 종이 다발을 내밀었다.

처음에는 시큰둥하게 바라보던 아버님은 이윽고 이 종이 다발을 정체를 깨달았는지 진지한 얼굴로 처음부터 끝까지 읽기 시작했다.

"이건…… 대체 어디서 손에 넣은 거냐? ……아니, 에이블인가."

"네, 그래요. '제 목숨을 헛되이 하지 말아 주십시오.' 라고 하더 군요."

그렇게 전한 순간, 아버님의 두 눈에서 눈물이 흘러내렸다.

"……이번 일은 전부 내 책임이다. 벨스의 반역도, 그걸 이용당한 결과 림멜 공국과 싸우게 된 것도. ……많은 목숨이 져 버렸다. 에 이블, 안나, 호위대 대원들. ……그런데도 나는 그걸 책임질 수조차 없단 말이냐!"

……역시 그렇군.

아버님과 오라버니는 이번 일을 모두 책임지고…… 일족 모두를 길동무 삼아 죽음을 택할 생각이었던 것이다.

나는 아버님의 의식을 돌리기 위해 일부러 큰 소리로 책상을 두드 렸다.

아버님은 놀란 듯이 눈을 크게 뜨고 멍하니 나를 바라보았다.

"책임을 지려면…… 사세요. 미래를 향해서. 아버님도 오라버니 도…… 살아 있잖아요! 그러니까 살아서 그 책임을 져야 하지 않 겠어요? 죽음으로 도망치는 건…… 그들의 희생을 모독하는 거예 요."

"……메리."

"에이블 씨는 아버님이 타스멜리아 왕국의 주춧돌이 되기를 바랐어요. 기사단과 왕국군 사이를 중재하고, 계속 트와일 국과 림멜 공국을 견제해서 나라를 지킬 것을. ……그건 아버님밖에 할 수 없는 일이라고 했어요. 제발 아버님. 그의, 그녀의…… 그리고 모두의 부탁을 외면하지 마세요."

나의 외침에 아버님은 그저 멍하니 그 자리에 서 있었다.

이윽고 눈을 감고 입술을 깨물며 아버님은 조용히 눈물을 흘렸다.

어머님이 돌아가셨을 때 이후로 처음 보는 아버님의 눈물.

지켜보는 나도 함께 눈물을 흘릴 뻔할 만큼…… 그 모습은 가슴에 와 닿는 것이 있었다.

"제가 바라는 건 그뿐이에요."

"……에이블은…… 잔혹하구나. 아니, 다들…… 내가 짊어져야 할 소망이 너무 커서 짓눌릴 것 같아."

"아뇨…… 아버님."

내 미소에 아버님은 고개를 갸웃거렸다.

"소망을 짊어질 필요는 없어요. 처음부터 아버님과 오라버니, 저와 루이…… 그리고 이번 싸움에서 목숨을 잃은 사람들은 모두 같은 뜻을 지닌 자들. 이미 스스로 맹세를 한 자들. 그러니까 자신의 맹세를 저버리지 않는다면…… 그건 그들의 바람을 이뤄 주는 거나 마찬가지랍니다."

내 말에 아버님은 작게 웃었다.

"그런가……."

그리고 작게 중얼거렸다.

† † †

앤더슨 후작가에서 이번 싸움에 희생된 호위대 대원들의 추모식에 참석한 후 나는 다시 왕도로 돌아왔다.

"……어서 오세요, 메를리스 님."

"에닐린."

내가 잃어버린 그녀와 꼭 닮은 에닐린을 보자 솔직히 아직도 가슴이 아팠다.

하지만…… 괴로운 건 나뿐만이 아니다.

오히려 태어날 때부터 함께였던 그녀야말로 더욱 괴로울 것이다.

그러니까 나는 눈을 돌려서는 안 된다.

내가 지키지 못한 것으로부터.

내가 짊어져야 할 것으로부터.

"……앤더슨 후작가에서 에닐린을 보는 건 왠지 오랜만인 것 같네."

"그러는 메를리스 님이야말로."

"……그것도 그렇군."

내가 내 방으로 돌아가자 에닐린이 뒤를 쫓아왔다.

"……메를리스 님, 새로운 시녀는 어떻게 할까요?"

자리에 앉은 순간, 에닐린이 생각지도 못한 질문을 던졌다.

"……그게 네 일이었나?"

"아뇨. ……하지만…… 안나는 분명히 신경 쓰고 있을 것 같아서요."

"……미안해."

우리 사이에 무거운 침묵이 내려앉았다.

"나는 새로운 시녀를 둘 생각은 없어."

"……그럼……."

"내 일은 기본적으로 내가 할 수 있어. 파티에 참석하거나 특별히 신경 써서 단장을 해야 할 때만 누군가의 도움을 받으면 돼. ……내가 내 의지로 고용한 시녀는 안나뿐이야."

한순간 에닐린이 얼굴을 일그러뜨렸다.

아픈 듯이…… 괴로운 듯이, 하지만 그 감정에 빠져 허우적거리지 않도록 애써 견디는 표정.

지켜보는 내가 오히려 괴로움에 휩쓸려 버릴 것 같았다.

"……메를리스 님."

"왜?"

"……저는 용서할 수 없습니다. 그토록 강한 당신이 그 아이를 지키지 못한 것을."

……하지만 시선을 피하지 않기로 결심했다.

그래서 나는 똑바로 그녀를 응시했다.

그녀의 말은 당연한 비난이라고…… 정면으로 받아들이기 위해서.

"……왜 화내지 않는 거죠?"

그녀는 눈가에 눈물이 고인 채 그렇게 물었다.

그 물음의 의미를 이해하지 못한 채 나는 그저 그녀를 바라보았다.

"그 아이는…… 안나는 당신의 뒤를 따르기를 바랐어요. 당신과 함께 싸우기를 바랐어요. 당연히 목숨을 걸 각오가 되어 있었겠죠. ……그러니까 지금 제가 한 말은 전사로서 그 아이를 모욕한 것이나 다름없는데……."

에닐린의 말에 함께 여행했던 그리운 기억이 떠올랐다.

에닐린과 안나가 내 시녀가 된 지 얼마 안 됐을 무렵을.

그 도적과의 싸움을 거쳐…… 두 사람은 자신의 약함을 한탄했다.

그 후 두 사람은 신들린 듯이 무술 훈련에 몰두했다.

그래서…… 에널린이 무슨 말을 하고 싶은지는 잘 안다.

검을 쥐는 것은 죽음을 각오하는 것.

누군가의 생명을 빼앗고, 그리고 자신의 목숨이 빼앗기는 것을…… 가벼이 여기지 않도록.

그런데도 내가 그녀를 지나치게 걱정하는 바람에…… 그녀 입장에서는 그 각오를 대수롭지 않게 여기는 것처럼 느껴졌을 것이다.

"그래. 그 아이를 지키지 못한 나…… 그건 그 아이에 대한 모욕이야. 그 아이는 어엿한 전사로서 그 자리에 서 있었으니까. 나는 내가 지켜야만 하는 사람을 그런 곳에 데려가진 않아."

사실은 나도…… 알고 있다.

하지만, 그래도.

"하지만…… 그만큼 그 아이가 소중해서 그런 거잖아? 그러니까 용서하지 않아도 돼. 그 아이를 지키지 못한 내가 아니라, 그 아이를 전장으로 데려간 나를. ……그리고 감시해 줘. 내가 앞으로도 계속 그녀를 지킬 자격이 있는 사람으로 살아갈 수 있을지."

에널린의 두 눈에서 둑이 터지듯 눈물이 쏟아졌다.

계속 참고 있었던 걸까.

분명 그럴 것이다.

"……죄송, 해요……."

그녀는 울음을 터뜨리며 계속 사과했다.

나는 살며시 손을 뻗어 그런 그녀를 끌어안았다.

그리고 나도 그녀의 온기에 마음의 위안을 얻으며…… 눈물을 흘렸다.

다음 날, 나는 아르메리아 공작가 별저로 향했다.

오래 떠나 있었던 것도 아닌데 지독히 그리운 느낌이 들었다.

얼룩 한 점 없는 백아의 건물이 늘어서 있는 모습은 너무나도 눈부시고 아름다웠다.

"……메리."

저택에 들어서자 사랑스러운 약혼자가 두 팔을 벌리고 나를 맞이해 줬다.

나는 남들의 시선도 잊고 그의 품으로 뛰어들었다.

"루이……!"

루이는 그런 내 등에 팔을 감고 힘껏 끌어안아 줬다.

한동안 계속 그 자세로 서 있었다.

그의 온기, 향기…… 기억 속에 있는 것들과 조금도 변하지 않았다는 사실에 나는 안도의 숨을 내쉬었다.

……얼마나 그러고 있었을까.

이윽고 그가 내게서 살짝 몸을 뗀 후 에스코트하듯 나를 다른 곳으로 이끌었다.

이윽고 우리는 빈틈없이 달라붙은 채 실내에 놓인 의자에 앉았다.

"……잘 돌아왔어."

"고마워, 루이. 네 덕분이야. ……네가 빨리 물자를 보내 준 덕분에 나는 적지에 잠복할 수 있었어. 그리고 그 덕분에 놈들의 움직임을 막을 수 있었어."

"너한테 도움이 됐다니 다행이다."

그의 가슴에 기대듯이 앉아서 그의 심장 소리에 귀를 기울였다.

"하지만, 미안해……. 너의 소중한 사람을…… 지키지 못했어……."

꼬옥. 그의 가슴으로 손을 올려 옷자락을 움켜쥐었다.

"아…… 응, 들었어. 말해 두지만 그건 너 때문이 아니야. 그건 베른 자신이 선택한 결과야."

"……베른?"

낯선 이름에 고개를 갸웃거렸다. 아…… 혹시 그 이름은…….

"그 녀석 이름이야. 나와 알프, 아버님밖에 모르는 이름. 그리고 앞으로도……."

역시 그의 진짜 이름이었구나.

겨우 알게 된 그의 이름.

잊어버릴 생각은 조금도 없다.

조금도 없지만…… 그래도 가슴속에 새겨 넣기 위해 나는 내심 그의 이름을 중얼거렸다.

"……저어, 루이. 베른의 장례식, 정식으로 치를 수는 없는 거지?"

"응. 아버지와 나와 엘프 셋이서 장례를 치렀어. 직무상 역시 대대적으로 치를 수는 없으니까."

"무덤은 아르메리아 공작가의 공동묘지지?"

"응. 원래는 왕국군 공동묘지에 잠들어야 하지만…… 앞으로 입대할 사람들을 생각해서 아르메리아 공작가 공동묘지에 매장했어."

베른은 어쨌든 다른 자들은 모두 정체를 숨기고 있기 때문에 나도 아직 모른다.

개중에는 에넬린처럼 여성이 입대할 기회도 늘어날지 모른다.

여인은 입대가 금지된 왕국군 공동묘지에 여자의 이름을 새길 수 없기 때문에 앞으로 입대할 자들을 위해 아르메리아 공작가 공동묘지에 그를 묻고 묘비에 이름을 새겼다고 한다.

그리고 그의 이름 옆에는 안나의 이름이 새겨져 있다.

"……그럼 나도 이제부터 추모하러 갈래. 그리고 그다음…… 그와 안나 이야기를 하게 해 줘. 그들을 추억하기 위해서."

"그래…… 알았어."

그리고 우리는 그대로 베른과 안나의 무덤으로 향했다.

† † †

그 후로 아무 일도 없었던 것처럼 하루하루가 흘러갔다.

하지만 확실히 많은 것이 변했다.

앤더슨 후작가에서 요양 중이던 할멈이 세상을 떠났다.

림멜 공국에서 한창 싸우던 중이라 그 죽음을 지켜보지도 못했다.

할멈에게 미안하고 슬퍼서…… 나는 학원을 쉬고 앤더슨 후작령으로 돌아와서 무덤을 찾아갔다.

여러 가지 일들이 겹치고 쌓여서 정신을 차리고 보니 학원을 쉰 날이 꽤 많았던 탓에 시험을 치러서 간신히 진급한 것은 참으로 씁쓸한 추억이다.

……하지만 진급이 확정된 후, 나는 또다시 학원을 빠져나와 함께 싸웠던 호위대 대원들과 함께 약속대로 마담 칼뤼의 가게를 찾아갔다.

어째서인지 루이도 함께.

"자, 여러분! 약속대로 오늘은 마담의 가게를 통째로 빌렸으니까…… 마음껏 신나게 놉시다!"

나는 애써 밝은 목소리로 선창했다.

"우오! 오늘은 실컷 마시자!"

다들 그런 내게 맞춰 열심히 떠들었다.

대화의 대부분은 죽은 사람을 그리워하고 추억하는 이야기였다.

"……이렇게 애도하는 거래."

작은 목소리로 살짝 루이에게 말을 건넸다.

"죽은 사람을 잊지 않도록. ……그리고 그들이 안심하고 잠들 수 있도록. 이렇게 그들은 일부러 더욱 밝게 행동하고 즐거웠던 추억을 이야기하는 거야."

"……그렇구나."

작은 목소리로 이야기하느라 나와 루이의 거리는 가까웠다.

그 사실을 재빨리 눈치챈 언니들이 나를 놀렸다.

"멜이 남자를 데려오다니……."

"저 사람이야? 멜이 예뻐지고 싶다고 생각하게 만든 남자가?"

"근데 정말 예뻐졌다……. 당신, 멜을 울리기만 해 봐. 용서 못 해."

차례차례 쏟아지는 말에 루이는 보기 드물게 당황해서 제대로 반응하지 못했다.

"아…… 역시 멜한테 빼앗겼다."

"굳이 따지자면 저보다 루이한테 빼앗긴 것 같은데요."

호위대의 투덜거림에 나는 그만 옛날로 돌아가서 쓴웃음과 함께 대화에 끼어들었다.

"언니들은 나를 동생처럼 귀여워하는 것뿐이에요. 틀림없이 언니들도 여러분처럼 남자다운 사람은 없다고 생각할 거예요."

"어머, 남편 앞에서 당당하게 바람피우는 거야?"

내 말에 마담은 장난꾸러기처럼 씨익 웃으며 말했다.

"죄송하지만…… 전 남편이 최고예요! ……하지만 여러분처럼 든든한 내 편은 없다고 생각합니다. 제가 안심하고 등을 맡긴 채 싸울 수 있는 건 분명 여러분뿐일 거예요."

그 말에 그들은 부드러운 미소를 지었다.

그리고 그 후로도 우리는 추억 얘기로 이야기꽃을 피웠다.

† † †

마담의 가게에서 모두와 헤어져서 나와 루이는 아르메리아 공작가로 향했다.

현재 왕도의 앤더슨 후작가에 머물고 있는 사람은 나뿐이다.

아버님도 오라버니도 벨스 사건을 뒷수습하느라 영지를 떠날 수 없기 때문이다.

고용인들은 있지만 가족이나 가까운 사람이 없는 저택으로 돌아가기도 싫고…… 루이도 그런 내 마음을 눈치채고 걱정해 줘서 아르메리아 공작가에 머물게 되었다.

"오늘 함께 와 줘서 고마워. ……그리고 이렇게 아르메리아 공작가에 머물게 해 줘서……."

"둘 다 내가 좋아서 한 일이야. ……너무 신경 쓰지 마."

우리는 지금 살롱에 있었다.

잠이 오지 않아서 도서관에 갔다가 우연히 루이와 마주쳐서 둘이 살롱으로 자리를 옮긴 것이다.

"……좋은 동료들을 뒀구나."

누구를 말하는 건지는 곧 알 수 있었다.

"응…… 그래. 메를리스라는 걸 알아도 그들은 변하지 않았어. 물론 내가 그렇게 해 달라고 부탁했기 때문이지만……."

"그래도 그들이 그 부탁을 들어준 건 그들이 좋은 사람이기 때문이야. 그리고 네가 그만큼 그들의 신뢰를 얻었기 때문이기도 하지."

루이는 나를 걱정하듯 살며시 내 뺨을 어루만졌다.

"……이젠 잠들 수 있어?"

"응. ……조금 마음이 정리됐어."

요 근래 나는 좀처럼 깊은 잠을 이루지 못하고 있다.

"너야말로…… 일이 어느 정도 정리되니까 또 잠들지 못하는 나날을 보내고 있니?"

그리고 그건 그도 마찬가지다.

그의 눈 밑에는 엷은 다크서클이 드리워져 있었다.

"그래. ……그리고 아마 아버님도 마찬가지일 거야. 어머님이 돌아가신 후 후회만 하고 계셔."

오렐리아 님이 돌아가셨다.

림멜 공국과 싸우기 전부터 건강이 좋지 않았던 모양이다.

그리고 바로 얼마 전 조용히 장례식이 치러졌다.

장례식에 참석한 많은 조문객이 오렐리아 님의 높은 인덕을 말해 주는 것 같았다.

로멜르 님은 '정무에만 몰두하느라 아무것도 해 주지 못했다.'라며 한동안 몹시 침울해했지만…… 아버님과 무슨 이야기를 나눴는지 두 분이 함께 하룻밤을 지새운 후 다시 정무에 복귀했다.

정말로 무슨 이야기를 나눴는지 궁금하지만…… 아내를 잃은 사람끼리 뭔가 통하는 게 있었는지도 모른다.

어쨌든 로멜르 님이 표면적이나마 건강한 모습을 되찾았을 때에는 얼마나 마음이 놓였는지 모른다.

처음에는 괜찮은 척 꾸미는 것조차 불가능했으니까.

루이도 몹시 침울해져서 차마 볼 수 없을 정도였다.

……물론 나도 오렐리아 님이 돌아가셔서 심한 충격을 받았다.

오렐리아 님은 내게도 어머니 같은 존재였으니까.

……안나와 에이블 씨, 그리고 호위대 대원들과 할멈이 세상을 떠난 슬픔에서 헤어 나오지 못했던 나는 그 와중에 오렐리아 님까지 세상을 떠나자…… 한동안 깊은 잠을 이루지 못했다.

아마도 루이는 그런 나를 걱정해서 앤더슨 후작가가 아닌 아르메리아 공작가 저택에 머물기를 권했을 것이다.

"……하지만 오늘 모임에 참석해 보고 생각했어. 후회만 하지 말고 어머님과의 추억을 웃으면서 얘기하자고."

"응…… 그래. 나도 겨우 그렇게 생각할 수 있게 됐어."

누가 먼저랄 것도 없이 우리는 오렐리아 님 이야기를 시작했다.

때로는 서로 웃으며 우리는 과거를 그리워했다.

"……그러고 보니 학원에는 내일 가는 건가?"

"응. 그럴 생각이야. ……아무래도 여기서 직접 갈 수는 없으니까 앤더슨 후작가에 한 번 들렀다 가려고."

"혹시 짐을 가지러 가야 해?"

"아니. ……필요한 건 이미 챙겨 왔어."

이대로 아르메리아 공작가에서 학원으로 향하기는 왠지 부끄럽다.

아무리 이유가 있다지만 약혼자의 집에 머문 것이 알려지면 별로 좋지 않으니까.

"그럼 나와 같은 마차를 타고 가면 되잖아. ……약혼녀를 집까지 데리러 가는 건 흔한 일이니까."

"……그래. 그럼 고맙게 받아들일게."

그래, 뭐 누가 물으면 그렇게 설명하면 되겠지……. 나는 그의 말을 따르기로 했다.

"학원 하니까 말인데…… 에드거 왕자의 약혼녀가 정해졌더군."

"응. ……내 소중한 친구야."

아르메리아 공작가와 앤더슨 후작가가 림멜 공국과의 분쟁에 매달려 있는 동안 샬리아의 약혼이 결정됐다.

게다가 엘리아를 후궁으로 들이는 것도.

"아버님이 분통을 터뜨리셨어. ……에드거 왕자의 기습에."

"응, 그렇겠지. ……에드거 왕자가 혼자 어떻게든 해 보려고 애쓰지 않고 로멜르 님을 의지했다면…… 엘리아를 후궁으로 맞이하지 않아도 샬리아를 정비로 삼을 수 있는 방책을 생각해 주셨을 텐데."

에드거 님의 행동은 나를 비롯한 아르메리아 공작가에게…… 그야말로 기습이나 마찬가지였다.

우리가 림멜 공국에 대처하는 동안 에드거 왕자는 홀로 다른 귀족과 싸워서 자신이 원하는 대로 샬리아를 정비로 맞이하는 데 성공했다.

……그 대가로 엘리아를 후궁으로 삼아서.

하지만 그건 악수(惡手)다.

엘리아는 현재 강력한 권세를 떨치는 마엘리아 후작가의 딸.

반면 샬리아는 백작가지만 마엘리아 후작가만한 권세는 없다.

그런데도 샬리아는 정비, 엘리아는 후궁이 되었다.

훗날 세력다툼의 불씨가 될 것은 불을 보듯 뻔한 일.

그러나 이미 결정된 일이다.

뭔가 사건이라도 일어나지 않는 한…… 이 결정은 뒤집어지지 않는다.

하지만 그런 사건이 일어나면 샬리아의 명예에 흠집이 날 수도 있고 왕가의 위신에도 영향을 미친다.

그래서 우리는 섣불리 나설 수가 없었다.

"글쎄……. 앞날을 생각하면 아버님은 에드거 왕자의 부탁을 물리쳤을지도 몰라. 그러니까 어떤 의미로 에드거 왕자의 행동은 에드거 왕자에게는 옳았던 셈이지."

"에드거 왕자에게 '는' 말이지……."

나는 무심코 한숨을 쉬었다.

"어쨌든 이렇게 된 이상…… 나는 샬리아를 보호해서 궁 안의 균형을 맞출 수 있도록 움직일 거야."

"그래, 그러면 됐어. ……자, 그만 자자. 내일은 학원에 가야 하잖아?"

"응, 그래."

나는 그에게 키스한 후 침실로 돌아갔다.

† † †

그 후로도 많은 일이 있었다.

나와 루이의 결혼.

샬리아와 에드거 님의 결혼.

나와 에드거 왕자의 약혼 얘기는 무사히 흔적조차 없이 사라졌지만…… 어째서인지 아이리야 여왕님은 여전히 나를 마음에 들어 해서 가끔 다과회에 초대하곤 했다.

앞으로 사교계 사람들을 상대하는 데 도움이 될 것 같아서 나도 흔쾌히 초대를 받아들였다.

또 샬리아가 좀 더 수월하게 지낼 수 있도록 세력을 모으고.

……그렇게 시간을 쌓아 갔다.

많은 것이 조금씩 변화하고.

가끔 지나간 과거를 떠올리면 두 손에서 빠져나간 것들이 생각나서 가슴이 아프다.

분명 앞으로도 그 아픔은 줄곧 내 가슴에 남아 있을 것이다.

……하지만 그 아픔을 느낄 수 있는 것은 살아 있기 때문이다.

그리고 무엇보다도 나라를 지키기 위해 져 버린…… 진정한 그림자 영웅들의 소망이 끊어지지 않도록.

나는 오늘도 살아서 그들을 생각한다.

나는 오늘도 살아서 그들과 함께 싸운다.

사교계라는 이름의 전장에서.

그리고 때때로 검을 들고 전장에서.

……소중한 사람을 갑자기 빼앗기고 슬퍼하는 '누군가'가 생기지 않도록.

그리고 '모두'가 안심하고 이 나라에서 살아갈 수 있도록.

나는 오늘도 살아서 그들과 함께 싸운다.

내가 달려간 후 누군가가 그 뒤를 이어 줄 거라고 믿으며.

에필로그
공작 영애, 이어 나가다

"······어머님, 저 처음 들어요. 림멜 공국과 얽힌 일련의 이야기들
은."

아주 오랫동안 이야기를 들은 것 같은 기분이 든다.

로멜르 할아버님의 공적으로 전해 내려오는 그린들, 크로우, 필링
공작가······ 통칭 '3대 공작가' 가 다스리는 림멜 공국과의 불가침
조약 체결. 그 뒤에 이토록 장렬하고 무거운 이야기가 숨어 있을 줄
은 생각도 못했다.

뭔가가 조금이라도 잘못됐더라면 나는 태어나지 못했을지도 모른
다는 것은 그야말로 농담도 과장도 아닌 진실이었다.

"그렇겠지. 이 이야기는 앞으로도 세상에 드러낼 수 없을 테니까.
······그러니까 이 나라의 역사에도 남지 않을 이야기란다."

어머님은 희미한 미소를 지었다.

그것은 마치 돌아오지 않을 과거에 대한 미련을 나타내는 것 같았
다.

" '나는 그들이 지켜 줄 가치가 있는 인간이 되었을까'. 도망치고

싶거나 괴로울 때, 나는 항상 나 자신에게 그렇게 물었단다. 그리고 지금도 묻곤 하지. 분명 앞으로도 계속 그럴 거야. ……나는 그들과 나 자신에게 부끄럽지 않은 내가 되고 싶어. 그게 그때 희생이 된 사람들을 위해 내가 할 수 있는 유일한 보답이니까."

그래서였나……. 나는 묘하게 납득했다.

어머님을 볼 때마다 '어째서 어머님은 저토록 당당할 수 있을까?'라고 줄곧 부러워했다.

어릴 적, 아르메리아 공작가의 이름이 나를 무겁게 짓눌렀을 때에는 특히 그랬다.

하지만…… 어머님은 항상 '어떻게 하고 싶은지' '어떻게 해야 하는지' 명확하고 절대적인 비전을 갖고 있었기에 결코 흔들리지 않았던 것이다.

"새삼 평화의 무게를 알게 된 것 같아요. ……저도 영지의 평화와 영지민들의 안녕을 지키겠노라 맹세한 몸. 반드시 미래로 이어 나갈게요. 모두의 마음과 공적을."

내 말의 진의를 눈치챈 걸까.

어머님은 한순간 눈을 크게 떴다. ……그리고 울 것 같은 미소를 지었다.

……짊어지겠다는 말은 쉽게 할 수 없다.

과거의 희생을. 그리고 그들의 바람을.

지금 현재 이 땅에서 살아가는 아르메리아 공작령의 영지민들을 책임져야 하는 나는 그 이상의 무게는 짊어질 수 없다.

하지만 내가 나의 맹세를 지키는 한…… 그것은 그들의 바람을 이어 나가는 것이나 마찬가지다.

왜냐하면 같으니까. ……나와 그들이 바라는 것은.

"아이리스, 하나만 물어봐도 될까……."

"뭐죠?"

"네가 그리는 평화란 어떤 거지?"

어머님의 질문에 나는 주저 없이 입을 열었다.

왜냐하면 그것은 '이 영지를 어떻게 다스리고 싶은가' 라는 질문에 가까웠기 때문이다.

늘 생각하는 일이다.

생각하고 또 생각하고…… 그리고 지금도 계속 생각하고 있다.

"글쎄요. ……추상적이지만 '사람들이 살아갈 가치가 있다고 생각하게 만드는' 것 아닐까요."

"살아갈 가치?"

"네. 인간은 희망 없이는 살아갈 수 없어요. 인간은 음식을 먹지 않으면 살아갈 수 없어요. 하지만 전쟁은 사람들에게서 그것들을 빼앗아 가죠. 그러니까 저는 평화란 사람들이 '살고 싶다고 바라는' …… 그런 세계라고 생각해요. 좀 더 자세히 설명하자면 영지가 발전하고, 사람들이 꿈을 꿀 수 있고, 아이들에게 보다 좋은 삶을 선사해 줄 수 있는 세상이야말로 평화로운 세상이라고 생각한답니다."

"그렇구나. 후후후……. 단순히 무력 충돌이 없는 세상을 가리키는 게 아니라 너는 그 앞까지 내다보고 있구나. 그리고 그 위에 평화를 쌓아 올리고, 또 지켜 나가고 싶단 말이지?"

"네. ……예전에 이미 한 번 전쟁을 막지 못했지만…… 그래서 더더욱 평화를 갈망하게 됐죠."

어머님은 기쁜 듯이 웃었다.

마침 그때 문에서 노크 소리가 들려왔다.

"실례합니다. ……아이리스 님. 부군께서 도착하셨습니다."

"어머, 딘이?"

고용인의 입에서 흘러나온 의외의 말에 나는 순수하게 놀라움을 드러냈다.

여기는 왕도.

그리고 나의 남편 딘, 또는 과거 알프레드 왕자였던 그는 기본적으로 왕도에는 발을 들이지 않는다.

그 이유 중 하나는 판단을 내려야 하는 나와 딘이 둘 다 영지를 비우면 아무래도 집무에 지장이 생기기 때문.

하지만 무엇보다 가장 큰 이유는 역시 딘의 정체가 발각되지 않도록 배려해서다.

왕도에서 바깥을 돌아다닐 때는 가면을 쓰긴 하지만…… 자칫하면 알프레드를 아는 사람과 마주치게 될지도 모른다. 그런 만큼 왕도는 아무래도 정체가 탄로 날 가능성이 높다.

반면 아르메리아 공작령에서는 내 보좌로 일하던 딘으로서 얼굴이 알려져 있기 때문에 비교적 자유롭게 움직일 수 있다.

"……실례합니다, 메를리스 님. 아이리스."

"딘! 오면 온다고 미리 말하면 좋았을 텐데……."

"왕도에 조금 볼일이 생겨서요. 엘피스도 왕도에 오고 싶다고 해서 함께 데리고 왔습니다."

"어머나…… 이럴 땐 아이리스를 보고 싶어서 왔다고 해야 하지 않을까?"

어머님의 말에 내 뺨은 뜨겁게 달아올랐다.

"저런…… 메를리스 님께는 못 당하겠군요. 말씀대로 사랑하는 아내와 오랫동안 만나지 못해서 더 이상 참을 수 없었습니다."

"아이 참······ 딘."

연이어 날아온 딘의 공격에 나는 맥없이 격침당했다.

나는 어쩔 줄 모르며 고개를 숙였다.

"자, 아이리스. 오랜만에 다시 만났는데 가족끼리 오붓하게 즐거운 시간을 가지렴."

"하지만······."

내가 먼저 이야기를 해 달라고 부탁해 놓고 도중에 일어서기는 아무래도 마음에 걸렸다.

"내 얘기는 이걸로 끝이야. ······뭐 듣고 싶은 말도 들었고."

하지만 어머님은 만족스럽게 웃었다.

"······그럼 그렇게 할게요. 어머님, 시간을 내주셔서 고맙습니다."

더 이상 고집을 부려서 어머님의 배려를 헛되이 할 필요는 없겠지······. 나는 딘을 데리고 방을 나왔다.

"······무슨 이야기를 나눴지?"

딘이 허물없는 말투로 물었다.

사람들 앞에서는 공작가 가주이자 영주인 내 위신을 세워 주기 위해 아직도 정중한 말투를 사용할 때도 있지만······ 기본적으로는 이렇게 꾸밈없이 대하곤 한다.

"응? 어머님의 옛날이야기."

"호오······."

흥미로워하는 감정이 눈에 뻔히 보일 만큼 그의 눈동자는 반짝반짝 빛났다.

"메를리스 님의 과거라······. 무척 흥미롭군. 메를리스 님의 과거만은 아무리 조사해도 알아낼 수 없었거든."

"어머…… 어머님의 과거를 조사했단 말이야?"

"동생과 다툴 때 주요 귀족은 전부 조사했어. 하지만 메를리스 님의 과거는 도저히 알아낼 수 없었지. 어릴 적엔 사교계에 거의 얼굴을 내밀지 않았고, 이름이 알려지기 시작한 건 학원에 입학하기 전쯤이었나? ……너무 아무것도 안 나와서 꽤나 중점적으로 조사했어."

"흐응……. 전에 타냐와 마주쳤던 첩보원을 이용해서?"

과거 타냐에게 보고를 받았던 마일로라는 첩보원.

그가 딘의 수하라는 확실한 증거는 없지만 떠보는 셈치고 물어보았다.

"응. ……내 수하 중에 과거 앤더슨 후작가에서 일하던 자가 있었는데 그 녀석도 절대 입을 열지 않더군."

순순히 인정한 것도 놀랍지만 그보다 그의 수하 중에 과거 앤더슨 후작가에서 일하던 사람이 있다는 사실도 놀라웠다. ……역시 세상은 좁다.

심지어 당시 제1왕자였던 딘의 명령을 거부하다니…… 즉 왕족의 명령을 거부하다니.

"……그래도 되는 거야?"

"물론 안 되지. 하지만 뭐…… 과거를 캐내진 못했어도 당시 메를리스 님이 어떤 분인지는 알아낼 수 있었으니까. 딱히 수상한 점은 나오지 않아서 조사는 결국 중단했어."

"흐응……. 참고로 그 수하의 이름은?"

조금 전 어머님에게 들은 이름을 떠올려 보면 알프나 에널린일 것 같지만…… 알프는 당시 이미 꽤 많은 나이였던 것 같으니까 에널린일 가능성이 높다.

뭐 앤더슨 후작가라면 그 밖에도 무예를 할 줄 아는 사람이 있었을 테니 단정 지어 말할 수는 없지만.

"그건 묻지 말아 줘. ……비록 왕가를 떠난 몸이지만 정보를 누설할 수는 없으니까."

"뭐 그건 그렇겠네."

베른과 레티시아를 난처하게 만들 수는 없다.

"그건 그렇고 어떤 얘기인지 궁금하군. ……그 녀석이 메를리스 님을 열렬히 흠모하는 것도 그렇고, 무엇보다 아카시아 왕국과 싸울 때 일부러 아르메리아 공작가로 돌아간 것도 그렇고."

"……거의 눈치채고 있는 것 같은데?"

"아니…… 뭐 상상은 할 수 있으니까. 엉뚱하고 굉장히 현실성 없는 상상이지만."

항복이라고 말하는 것처럼 딘은 두 손을 들었다.

"……그런데 부인. 제 추측이 맞습니까?"

"후후후……. 지금은 가르쳐 줄 수 없어."

장난스럽게 묻는 딘을 향해 나는 웃으며 대답했다.

"지금은?"

"응, 지금은. ……긴 얘기가 될 것 같으니까 나중에 천천히 얘기해 줄게."

"알았어. ……그럼 그때를 기다리도록 하지."

그런 대화를 나누는 동안 우리는 별실에 도착했다.

방 안으로 들어가자 제일 먼저 엘피스가 방 한가운데 놓인 응접용 소파에 앉아 있는 것이 보였다.

"어머나…… 엘피스, 많이 컸구나!"

나는 아이 곁으로 달려가서 힘껏 끌어안았다.

"어머님, 전 이제 그렇게 어리지 않아요."

엘피스는 조금 부끄러운 표정을 짓고 있었다.

그 표정마저 귀여운 걸 보면 역시 내게 아이들은 너무나 소중한 존재다.

"후후후, 엄마 눈에 너희는 언제까지나 어린아이란다—."

살며시 머리를 쓰다듬은 후 나는 살짝 떨어졌다.

엘피스는 정말로 딘을 꼭 닮았다.

그리고 해가 바뀔수록 더욱더 닮아 가고 있다.

……솔직히 그의 얼굴을 지나치게 닮은 것은 어찌 보면 별로 달갑지 않은 일이지만.

하지만 엘피스 세대의 아이들 중에 알프레드의 얼굴을 아는 사람도 없고…… 아르메리아 공작가의 증조모님은 왕가에서 시집오신 분이니까 그래서 닮은 거라고 밀어붙일 수밖에 없다.

"……어라? 아버님이랑 오라버니다—!"

"어머나, 루체. 오늘도 열심히 훈련했나 보구나."

노크 소리와 함께 루체가 방 안으로 들어왔다.

"응! 열심히 했어!"

자랑스러운 표정을 짓는 루체를 딘이 안아 올렸다.

"잠깐 못 본 사이에 많이 컸구나."

"후후후—."

루체는 기쁜 듯이 딘을 끌어안았다.

"어머, 딘. 치사해……. 나도 루체를 안고 싶은데."

"뭐 어때. 당신은 왕도에서 지내는 동안 계속 루체를 독점했잖아."

"뭐야…… 그럼 난 엘피스를 독점할 거야."

나는 또다시 엘피스를 끌어안았다.

엘피스는 저항을 포기했는지 얌전히 내 품에 안겼다.

"아버님, 다음에 저랑 대련해요. 라일한테 들었는데 아버님도 강하다면서요."

"나는 실력이 많이 녹슬어서…… 라일이랑 대련하는 게 너한테 더 도움이 될 거야."

"그런가……"

나는 두 사람을 바라보며 그들의 대화에 흐뭇하게 귀를 기울였다.

아이들이란 정말 눈 깜짝할 사이에 자란다.

……한순간도 그 모습을 놓치고 싶지 않을 만큼.

언젠가 어머님처럼…… 아이들이 좀 더 커지면 나도 아이들에게 이야기를 해 줄 날이 올까.

나와 딘의 과거를.

그날이 두렵기도 하고 기대되기도 하고…… 나는 앞날을 상상하며 홀로 웃었다.

† † †

"실례합니다, 메를리스 님. 가젤 님께서……"

아이리스가 떠난 후, 혼자 생각에 잠겨 있던 메를리스에게 고용인이 말을 건넸다.

"안녕, 메를리스. 오랜만이구나."

곧이어 다른 목소리가 방 안에 울려 퍼졌다.

메를리스의 아버지 가젤이 방 안으로 들어왔다.

"어머나 아버님. ……오늘은 손님이 많네요."

"음? 아, 아이리스 말이냐? 그러고 보니 아이리스는 어디 있지?"

"딘과 엘피스가 와서 지금쯤 가족끼리 오붓한 시간을 보내고 있을 거예요."

"호오……. 나도 오랜만에 다들 보고 싶은데……."

"후후후, 오늘 당장 돌아갈 것도 아닌데 나중에 천천히 만나세요. 물론 아버님께 시간이 있다면 말이죠."

"그야 물론 있지. 나보다 한가한 사람은 없을 게다."

"군인이 한가한 건 평화롭다는 증거. 아주 좋은 일이지요."

"동감이다."

가젤은 메를리스 앞에 털썩 앉았다.

"……아까 아이리스에게 제 과거를 얘기해 줬어요."

"호오…… 네 과거를 말이냐. 놀랐겠구나."

"네. 하지만……."

한순간 메를리스는 가젤에게서 시선을 뗐다.

일부러 고양된 감정을 억누르는 것 같아서 그 표정에서는 감정을 읽어 낼 수 없었다.

"……이어 나가겠다고 했어요. 영지를 지키겠노라 자신에게 맹세한 몸이니만큼 그 맹세를 지키려 하는 한 그들의 공적을 미래로 이어 나갈 수 있다고. 그 아이는 그렇게 말했어요."

가젤은 눈을 감고 그녀의 말에 귀를 기울였다.

"그들도 이런 마음이었을까요. 저에게 맡긴다고 했던 그때."

"본래 맡길 수 있는 사람에게 미래를 맡기는 법 아니겠느냐. …… 분명 그럴 거다."

그렇게 말하며 가젤은 부드러운 미소를 지었다.

"그럼 다행이지만……."

"잘됐구나. 아이리스가 그렇게 말해 줘서."

"네, 그럼요. 좋은 자식을 둬서 전 정말 행복해요."

마치 미리 계산한 듯한 타이밍에 고용인이 차를 가져왔다.

가젤은 자신 앞의 탁자에 놓인 컵을 들고 천천히 차를 마셨다.

"과거 이야기라면…… 디반 얘기도 했느냐?"

"아뇨. 하필 그 전에 딘과 엘피스가 와서요."

"그렇구나. ……그 얘기를 들었을 때 아이리스의 반응이 기대되는군."

"분명 무척 놀라겠죠. 설마 디반이 노르트의 아들일 줄이야."

디반…… 그는 트와일 국의 공작원이자 과거 뒤에서 유리를 조종하던 인물.

집요하게 아르메리아 공작가와 앤더슨 후작가를 노리며 유리를 움직이다가 형세가 불리해지자 곧바로 그녀를 잘라 버린 남자.

"전장에서 그자를 만났을 땐 나도 무척 놀랐다."

그것은 트와일 국이 정전협정을 깨고 타스멜리아 왕국으로 진군했을 때의 이야기.

가젤은 메시 남작과 협력하여 왕국군을 이끌고 메시 남작령에서 적과 싸웠다. ……그리고 그때 거리에서 우연히 그와 마주쳤다.

도망친 줄 알았는데 메시 남작령에 잠입해 있던 디반과.

"이때다 싶을 때 아버님의 직감은 정말 대단하다니까요. ……사전 정보는 없었죠? 그런데 우연히 딱 마주치다니, 역시 굉장해요."

"아부해 봤자 아무것도 안 나온다."

가젤은 가볍게 웃은 후 살며시 한숨을 내쉬었다.

"……그건 그렇고 정말 무시무시한 집념이네요. 아버지 노르트의 원수를 갚기 위해서…… 라고 했지요?"

"그래. 노르트는 불우한 탓에 코디스에게 이용당했지. 그리고 그 음모를 저지하고 놈을 죽인 것은 분명 나다."

"……아버님은 그저 몸에 튄 불똥을 털어 낸 것뿐이에요. 원흉은 코디스죠."

"그 원흉은 네 손에 이미 죽었지 않느냐. 그러니까…… 그랬겠지."

그 말에 메를리스는 그저 미간을 찌푸릴 뿐이었다.

"……뭐 전후의 혼란한 틈을 타서 숨어들어 온 거겠지. 그 무렵에는 곳곳에 구멍이 뚫려 있었으니까. 이 타스멜리아 왕국의 군부에도 여기저기 구멍이 뚫려 있단다. 그걸 모조리 알아낸 알프의 수완은 정말 머리가 절로 숙여질 정도야."

"그래도 역시 다른 나라에서 기반을 쌓을 수 있었던 건…… 그도 유능했기 때문이겠죠. 오만한 말일지도 모르지만…… 아깝네요."

메를리스의 말에 가젤은 눈을 감았다.

그러자 아직도 귓가에 남아 있는 그의 마지막 말이 떠올랐다.

『아버지가 실패했기 때문이 아니야! 그런 책략을 세운 슬리거 공작가의 잘못이다! 내가…… 내가 그걸 증명하고 싶었다. 그래서…… 이번에는 처음부터 트와일 국을 이용해서 림멜 공국에 승리를 가져다주고 싶었는데. 그런데 또 방해하는 거냐! 가젤!』

원망으로 가득한 그 말이.

"……정말 아까워요. 저도 아버님과 오라버니…… 그리고 그이가 없었더라면 증오에 사로잡혀…… 이윽고 그 증오의 불길에 휩싸였겠죠. 그 사람처럼 아무 관계없는 사람을 끌어들여서라도 그 불길을 누군가에게 쏟아 내려 했을지도 몰라요."

"……그게 가장 큰 차이점 아닐까?"

"차이?"

"그래. ……네 주위에는 나를 비롯해서 널 걱정해 주는 사람들이 있었다. 하지만 그에겐 아무도 없었지. 그리고 그도 타인을 이용하는 관계밖에 쌓으려 하지 않았다. 그러니까 그 증오의 불길이 아무리 비대해져도…… 막을 사람이 없었던 거야."

가젤의 말에 메를리스는 웃었다.

"……그렇군요. 전 정말 축복받은 사람이에요."

그렇게 중얼거리며 메를리스는 살며시 일어서서 창가로 다가갔다.

창밖에는 석양에 물든 아름다운 하늘이 펼쳐져 있었다.

"그리고 보니 아버님. 아버님도 이제 앤더슨 후작령으로 돌아가시는 건가요?"

그녀는 붉은색을 그리 좋아하지 않는다.

수없이 많은 붉은색에 뒤덮여…… 많은 소중한 사람들을 빼앗겼기 때문이다.

그리고 자신의 손이 그 붉은빛에 완전히 물들어 있다는 것을 좋든 싫든 떠올리게 만드니까.

……스스로 선택한 길을 후회한 적은 없다.

그래도…… 그래도 붉은색은 좋아지지 않는다.

"음, 물론이지. 이제 곧 멜리루다의 기일이니까."

"저도 찾아뵐게요. ……어머님을 만나러."

하지만 저 붉은 하늘은 아름답다는 생각이 들었다.

어린 시절 지칠 때까지 놀다가 어머니가 기다리는 집으로 돌아올 때 올려다본 하늘을 떠올리게 하는…… 그립고도 행복한 기억을 불러일으키는 그런 붉은 하늘.

"그래그래. 멜리루다도 기뻐할 거다. ……파커스도 불러서 다 함께 네 어머니를 만나러 가자꾸나."

"네."

창문에서 시선을 떼고 메를리스는 웃는 얼굴로 가젤을 돌아보았다.

'이렇게 어머님의 기일을 앞두고 평온한 마음으로 지낼 수 있게 될 줄은 몰랐는데…….'

메를리스는 마음속으로 중얼거렸다.

아이리스에게 옛날이야기를 들려주면서 과거 자신의 심정을 떠올렸기에 더더욱 그런 생각이 들었다.

"……전 정말 행복한 사람이에요."

"응? 지금 뭐라고 했느냐?"

메를리스의 작은 중얼거림에 가젤이 반응했다.

"아뇨, 아무것도 아니에요. 오랜만에 온 가족이 모이는 게 기대되네요."

"그래그래."

그리고 가젤도 부드러운 미소를 지었다.

† † †

"어머님—!"

루체가 아이리스의 방으로 기운차게 뛰어 들어왔다.

"쉿—."

그런 루체에게 주의를 주듯 방 안에 있던 딘이 입가에 손가락을 세웠다.

루체는 허둥지둥 손으로 입을 막았다.

숨 쉬는 것까지 멈췄는지 조금 괴로워 보였다.

그 반응이 귀여워서 딘은 눈을 휘었다.

"숨을 쉬어도 괜찮아. 자, 조용히 이쪽으로 오렴."

루체는 살며시 그에게 다가갔다.

그리고 그녀가 본 것은 딘의 무릎을 베고 잠들어 있는 아이리스의 모습이었다.

"……조금 피곤한가 봐. 옛날이야기를 하다가 잠들어 버렸어."

"어머님 피곤해—?"

"그래. ……어머님도 루체가 열심히 훈련하는 것처럼 열심히 노력해서 아르메리아 공작가 가주 일을 하고 계신단다. 게다가 워낙 열심히 하는 성격이라 저도 모르게 너무 무리할 때가 있거든. 그래서 가끔은 이렇게 피곤해하는 거야."

"……어머님도 열심히 노력하고 계셔?"

"그래. ……자신의 꿈을 이루기 위해서 노력하지 않는 사람은 없단다. 설령 그렇게 보이지 않더라도. 설령 재능이 있는 사람이라도."

"흐응……."

"어머님, 실례합……."

마침 그때 엘피스도 방 안으로 들어왔다.

엘피스는 방에 들어오자마자 상황을 파악하고 입을 다물었다.

"괜찮아. 곤히 잠든 것 같으니까…… 큰 소리만 내지 않으면 된다."

"아뇨, 방해하면 죄송하니까요. ……루체, 가자."

"그치만……."

"어머님은 피곤하셔. ……쉬게 해 드리자, 응?"

"……응, 알았어."

루체는 순순히 엘피스를 따라 방에서 나갔다.

"어머님도 피곤하구나. 나 몰랐어……."

"어쩔 수 없지. ……어머님은 아버님 앞에서밖에 힘든 모습을 보이지 않으니까."

"……힘든 모습을 보이지 않아? 어째서?"

"그건 어머님이 그만큼 무거운 책임을 짊어지고 있기 때문이야. 그리고…… 아버님을 그만큼 사랑하고 있기 때문이지."

"……잘 모르겠어."

"한마디로 어머님은 아버님을 아주아주 사랑한다는 뜻이야."

"그건 나도 알아! ……그치만 그럼 나는?"

"물론 어머님은 루체 너도 많이 사랑하셔. 사랑하니까 내색하지 않는 거야."

"……역시 잘 모르겠어."

"아직 몰라도 돼. 언젠가 너도 알게 될 거야."

"응…… 그런가?"

"그럼, 물론이지."

토닥토닥. 엘피스는 미간을 잔뜩 찌푸린 루체의 머리를 쓰다듬었다.

루체는 기분 좋은 듯이 눈을 가늘게 떴다.

"……내일이면 알게 될까?"

뒤이어 흘러나온 루체의 물음에 엘피스는 난처한 미소를 지었다.

"그건 좀 어려울 것 같은데. ……그래, 루체가 어머님만큼 크면 알 거야."

"그렇게 한참 있어야 해?"

"응. 그러니까 루체 너도 앞으로 열심히 노력하렴."

"열심히……? 훈련을?"

"음……. 글쎄. 그리고 또 어머님이 데려오신 강사님 수업도 잘 듣고."

"웅…… 수업은 싫어."

"괜찮아. 누구나 처음엔 싫지만 계속하다 보면 재미있고 잘하게 되는 거야."

"……오라버니도 그런 적 있어?"

"그럼, 물론이지. ……아주 많아. 아무도 못한다는 걸 눈치채지 못하게 노력한 것뿐이야."

"그렇구나……. 나만 그런 게 아니구나."

루체는 활짝 웃었다.

"웅! 열심히 할게!"

"좋아, 그 마음가짐이야! 자, 방으로 돌아가자."

"응──."

어느 샌가 루체는 엘피스의 손을 잡고 있었다.

엘피스는 한순간 '할 수 없지.'라는 표정을 지은 후…… 그 손을 움켜잡았다.

저택 고용인들이 그런 두 사람의 모습을 흐뭇하게 지켜보았다.

후기

드디어 마지막 권입니다.

본편까지 포함해서 전 8권. 여기까지 계속할 수 있었던 것은 모두 독자 여러분 덕분입니다.

정말 고맙습니다.

5권 후기에서도 잠깐 말씀드렸지만 집필을 할 때는 저의 빈곤한 표현력과 부족한 실력에 괴로워할 때도 있습니다.

그럴 때마다 여러분이 보내 주신 감상이 힘이 되어 줬습니다.

이 자리를 빌려 감사드립니다.

그건 그렇고 이 『공작 부인의 소양』은 본편 『공작 영애의 소양』을 보완하는 내용입니다. 『공작 영애의 소양』을 집필할 당시부터 메를리스의 설정은 '최고의 귀부인이면서 강한 사람'이었습니다.

이 '강한 사람'이라는 것은 무력도 그렇지만 그녀의 '강한 의지'를 뜻합니다.

토머스 에디슨은 "천재는 99%의 노력과 1%의 영감으로 만들어진다."라는 말을 남겼습니다.

이 말은 1%의 영감이 없으면 아무리 노력해도 소용없다는 뜻이라고 합니다만 애초에 1%의 영감이 있어도 99%의 노력이 없으면 그 빛은 꽃을 피울 수 없겠지요.

메를리스는 그런 노력하는 여성입니다.

물론 그녀는 가젤에게 물려받은 재능도, 부모에게 물려받은 미모도 갖고 있습니다.

하지만 그녀는 자신이 지닌 것에 만족하지 않고, 다른 사람들이 시키는 대로 정해진 길을 걷지도 않았습니다. 자신의 의지로 자신이 걸어갈 길을 선택하고 장애물이 나타나면 베어 버렸죠. 그래서 아이리스의 눈에 비치는 모습처럼…… 초인적인 존재가 됐나 봅니다.

그건 그렇고 『공작 영애의 소양』 본편에서는 아이리스에게 탑 위에서 '왕국군 병사가 되고 싶었다.'라고 옛날이야기를 들려주는 것 외에는 딱히 그녀의 과거를 언급한 적도 없고, 갑자기 강한 모습을 보여 주는 바람에 그저 '다재다능해서 좋겠다.'라는 느낌이 되고 말았습니다.

아이리스를 주축으로 전개되는 이야기니까 어쩔 수 없다고 생각하는 한편 필자의 실력 부족 때문인 것도 부정할 수 없기 때문에 이렇게 그녀를 중심으로 마음껏 써 내려갈 기회를 주셔서 정말 감사합니다.

이 작품은 '미래로 이어진다'……라는 것이 중요한 테마이기 때문에 작품의 분위기가 조금 어두워진 부분도 있습니다.

하지만 그렇기 때문에 더더욱 아이리스가 걸어온 길이 보다 의미 있어지지 않을까 라는 생각도 듭니다.

(달리 말하자면 메를리스가 그토록 처절한 경험을 하고, 또 자신의 길을 스스로 선택해 왔기 때문에 '부모가 아무 말 하지 않아도 아이들은 스스로 길을 선택하고 필요한 것을 배운다. 그러니까 나는 엄마로서 평화로운 시대에 태어난 이 아이들의 어리광을 받아 주자.'라고 생각하며 아이들을 키운 결과, 아이리스와 베른은 1권과

같은 모습이 되어 버린 거죠.)

지금까지 『공작 영애의 소양』을 쓸 수 있어서 그저 감사한 마음뿐입니다.

쓰고 싶은 이야기를 쓰고, 많은 분이 그 이야기를 읽어 주시고.

새삼 이토록 행복한 일은 또 없을 거라는 생각이 드네요.

정말 고맙습니다.

레이아

공작 영애의 소양 7

원작: 레이아 **만화:** 우메미야 스키 **캐릭터 원안:** 후타바 하즈키

**짙어지는 '전쟁'의 기운과
수많은 '생명'을 짊어져야 하는 무게…
지금까지와는 차원이 다른 책임이 그녀를 짓누른다─!**

**아이리스 영애, 다음 과제는 '전쟁'!?
이웃 나라 트와일국의 책략이 감지되는 가운데,
호위 디더는 묻는다!
죽음을 당할 각오로 상대를 죽이라고 명령할 수 있어?
아이리스를 짓누르는 '생명'의 중압감─!**

루체
LUCE

공작 영애의 소양 8

원작: 레이아 만화: 우메미야 스키 캐릭터 원안: 후타바 하즈키

영지로 돌아온 공작영애는 더욱 강하고 치열하게!
파문소동이 벌어졌을 때 일을 그만둔 관리들을 호출하는데?!

전운이 점차 짙어지는 가운데 자신의 손이 피로 물들지라도
백성들을 위해 싸우기로 각오한 아이리스가
관리들에게 내린 결단은—!
알프레드 왕자와 처음 만났을 때의 이야기도 밝혀진다!

악역 영애 안의 사람

원작: 마키부로 만화: 시라우메 나즈나 캐릭터 디자인: 무라사키 마이

「에미가 바란 행복을 내가 되찾겠어.」
어느 RPG 여성향 게임의
악역 영애 레밀리아로 빙의한 「에미」는
노력도 허무하게 게임의 히로인 「별의 소녀」에게
단죄당한다.

그때 에미의 누명을 벗기기 위해 나타난 것은
안에서 지켜보던 본래의 레밀리아였다ㅡ.

루체
LUCE

공작 영애의 소양 8

2023년 10월 04일 제1판 인쇄
2023년 11월 30일 제1판 발행

지음 레이아
일러스트 후타바 하즈키
옮김 김진수

발행 영상출판미디어(주)
등록번호 제 2002-000003호
주소 07551 서울특별시 강서구 양천로 570(등촌동, NH서울타워) 19층
전화 02-337-0610

ISBN 979-11-380-3436-4
ISBN 979-11-380-3143-1(세트)

KOUSYAKU REIJOU NO TASHINAMI Vol. 8
ⓒReia, Haduki Futaba 2018
First published in Japan in 2018 by KADOKAWA CORPORATION, Tokyo.
Korean translation rights arranged with KADOKAWA CORPORATION, Tokyo.